Autor _ [SWINBURNE]

Título _ FLOSSIE, A VÊNUS DE QUINZE ANOS

Copyright – Hedra 2008
Tradução© – Guilherme da Silva Braga
Título original – *Flossie, A Venus of Fifteen*
Corpo editorial – Alexandre B. de Souza
Bruno Costa
Fábio Mantegari
Iuri Pereira
Jorge Sallum

Dados – Dados Internacionais de Catalogação na Publicação (CIP)

Flossie, a Vênus de quinze anos / Swinburne (Org. e trad. Guilherme da Silva Braga) – São Paulo : Hedra : 2008 Bibliografia.

ISBN 978-85-7715-024-3

1. Literatura inglesa I. Ficção II. Erótica

CDD-823

Índice para catálogo sistemático:
1. Literatura inglesa: ficção 823

EDITORA HEDRA LTDA.

Endereço – R. Fradique Coutinho, 1139 (subsolo)
05416-011 São Paulo SP Brasil
Telefone/Fax – +55 11 3097 8304
E-mail – editora@hedra.com.br
Site – www.hedra.com.br
Foi feito o depósito legal.

Autor _ [Swinburne]
Título _ Flossie, a vênus de quinze anos
Organização e tradução _ Guilherme da Silva Braga
Série _ Erótica
São Paulo _ 2011

Algernon Charles Swinburne (Londres, 1837–Putney, 1909), a quem se atribui a autoria desta obra, foi um poeta boêmio e maldito, ligado ao sadomasoquismo, à necrofilia e à flagelação. *Flossie* foi publicada anonimamente, em 1897, como inúmeros outros livros clandestinos, a fim de escapar às duras leis inglesas do período, que proibiam a impressão e a circulação de livros indecentes. O responsável pela edição da obra foi o livreiro-editor estreante e mais tarde infame pornógrafo Charles Carrington (1867–1921), que acabaria se tornando um dos grandes responsáveis pelo comércio de *erotica* em toda a Europa.

Flossie, a Vênus de quinze anos é considerado o *Garganta profunda* da época vitoriana, e integra a vasta produção pornográfica do período. Durante uma caminhada pelo Piccadilly, em Londres, o capitão Jack Archer conhece Flossie Eversley, uma jovem garota de corpo escultural por quem se apaixona à primeira vista. Ao reconhecer Eva Letchford, a guardiã que a acompanhava, a possibilidade de uma aproximação amorosa leva o capitão Archer a freqüentar o apartamento onde as duas garotas vivem juntas. No entanto, Flossie, que logo corresponde aos sentimentos amorosos e sexuais de Jack com todo o ardor de seus quinze anos, vê-se impedida de consumar sua paixão por conta de uma promessa. Tendo estudado em um colégio na França e absorvido tudo o que a educação parisiense tinha a oferecer na época, a jovem heroína recorre às suas impressionantes habilidades com a "língua francesa" para agradar o capitão enquanto aguarda o grande momento — e cansa-o mais de uma vez com seu apetite insaciável. Extrapolando a rígida moral vitoriana em todos os sentidos imagináveis, *Flossie, a Vênus de quinze anos* cativa não apenas com um apelo erótico e sensual, mas também com espirituosidade e bom humor.

Guilherme da Silva Braga é tradutor literário. Entre seus trabalhos publicados estão as obras *Incesto*, de Anaïs Nin, e *Visões de Cody*, de Jack Kerouac (L&PM). Para a Hedra, traduziu e prefaciou *O gato preto e outros contos*, de Edgar Allan Poe. Em 2005, publicou o artigo "A tradição pornográfica e Bocage" no nº 31 dos Cadernos do Instituto de Letras da Universidade Federal do Rio Grande do Sul (UFRGS).

Série Erótica dedica-se à consolidação de um catálogo de literatura erótica e pornográfica em língua portuguesa, ainda pouco editada e conhecida pelo público brasileiro. Reúne memórias, relatos, poesia e prosa em seus mais variados gêneros e vertentes, constituindo um vasto panorama da literatura erótica mundial.

SUMÁRIO

INTRODUÇÃO

FLOSSIE, A VÊNUS DE QUINZE ANOS manteve-se um verdadeiro clássico clandestino desde a publicação no final do século XIX até hoje: ainda que tenha circulado de forma quase ininterrupta desde então, é um título pouco lido, pouco conhecido.

Considerado o *Garganta profunda* da era vitoriana,[1] *Flossie* aborda em grande detalhe a prática da felação, da cunilíngua e de suas inúmeras variações a dois e a três, embora também contenha cenas de sexo descritas com o apelo visual e sensorial típico dos melhores romances pornográficos.

Os aspectos histórico-literários mais relevantes deste breve romance encontram-se discutidos abaixo em suas respectivas seções.

BREVÍSSIMA HISTÓRIA DA PORNOGRAFIA INGLESA

A história da pornografia em língua inglesa começou na Inglaterra, com a publicação, em 1748–9, do primeiro romance do gênero escrito na língua de Shakespeare: *Memoirs of a Woman of Pleasure*, de John Cleland (1709–1789), que acabou mais conhecido pelo nome da jovem e simpática prostituta que protagoniza a história: Fanny Hill.

Hoje é difícil imaginar que *Fanny Hill* tivesse o poder de chocar: por mais sexual que seja o conteúdo do livro,

[1] PERKINS, p. 44

a linguagem e o estilo em que as cenas são representadas afiguram muito rebuscados e metafóricos e, além do mais, não há uma única ocorrência de palavras chulas ou de baixo calão nas quase duzentas páginas do livro. Um dos objetivos explícitos de Cleland, aliás, era não se valer de uma linguagem demasiado livre — o que, no entanto, não bastou para isentá-lo de problemas com a lei: em 1749, mesmo ano em que circulou a segunda e última parte do romance, o escritor foi preso em virtude da obra que faria sua fama na posteridade.

Algumas décadas mais tarde, em 1787, o rei George III fez uma proclamação "pelo incentivo à piedade e à virtude e pela prevenção e punição do vício, da profanação e da imoralidade", que entre outras coisas pretendia suprimir "toda sorte de ilustrações, livros e publicações livres e licenciosas, que instilam veneno na mente dos jovens e incautos, e punir os editores e vendedores destes".[2] Mas o romance pornográfico havia chegado para ficar, com ou sem o consentimento real: já em idos de 1830 era possível comprar material pornográfico em feiras ou de vendedores ambulantes, e logo surgiram as primeiras livrarias especializadas.[3] Porém, logo uma legislação mais específica e rigorosa foi imposta à indústria pornográfica: em 1857 veio o primeiro dos *Obscene Publications Acts*,[4] que previa a apreensão e a destruição de publicações licenciosas, e o ano de 1884 viu a aprovação do *Post Office Act*, que proibia a circulação de pornografia pelo correio. Somadas à prisão de alguns pornógrafos, a atmosfera desfavorável levou os principais editores ingleses de *erotica* a

[2] BULLOUGH, p. 93

[3] SIGEL (2000), p. 414

[4] Pouco mais de um século mais tarde, a mesma legislação desencadearia o processo contra *O amante de Lady Chatterley*, de D.H. Lawrence.

fugir para a França e adotar um sistema de remessa postal para tocar os negócios a partir de Paris, que acabou se tornando a capital européia da literatura clandestina.[5]

Essa mudança nos costumes de compra e venda também influenciou o perfil da clientela. Se antes da criminalização as camadas populares tiveram acesso a materiais indecentes durante um período de quarenta anos (1810–1850),[6] o comércio em livrarias e o posterior sistema de vendas pelo correio restringiram a circulação dos livros clandestinos às classes mais abastadas. O preço dos livros pornográficos — muitas vezes produzidos em edições de luxo, ilustradas e numeradas — também se impunha como um obstáculo intransponível para os menos privilegiados. Por fim, os pornógrafos da alta sociedade tinham como usar sua influência para evitar escândalos e problemas com a polícia, o que serviu para elitizar de vez o gênero.[7]

CARRINGTON, O GUTENBERG PORNOGRÁFICO

Foi neste contexto de clandestinidade que Paul Harry Ferdinando (1867–1921), conhecido pelo pseudônimo de Charles Carrington, começou em 1896 sua carreira de livreiro-editor e fez publicar o primeiro livro a levar seu nome na imprenta (*Marriage — Love and Women Amongst the Arabs, otherwise Entitled The Book of Exposition*, tradução de um tratado árabe sobre o sexo no Oriente Médio), embora haja especulações de que o envolvimento do editor com a publicação de obras pornográficas possa remontar a 1885. Estabelecido na França,

[5] SIGEL (2005), p. 116
[6] SIGEL (2000), p. 413
[7] SIGEL (2000), p. 413

os negócios prosperaram e o pornógrafo inglês acabou por se tornar um dos mais importantes editores de *erotica* de toda a Europa, em parte graças à atenção que dispensava não apenas à pornografia mais crua, mas também a verdadeiras obras-primas da literatura que versavam em maior ou menor grau sobre sexo: Carrington, que por um tempo foi detentor dos direitos autorais da obra máxima de Wilde, publicou *O retrato de Dorian Gray*, as *Comédias* de Aristófanes, *O asno de ouro* de Apuleio e o *Satíricon* de Petrônio entre os mais de trezentos livros pelos quais foi responsável ao longo da vida — boa parte destes um tanto *risqué*.[8]

No ano seguinte à estréia oficial como editor, Charles Carrington publicou um livreto de 103 páginas, impresso em papel feito à mão numa tiragem limitada a apenas duzentas cópias — destinada sem dúvida a pornógrafos distintos e afluentes — chamado *Social Studies of the Century: Flossie, a Venus of Fifteen, by One Who Knew This Charming Goddess and Worshipped at Her Shrine*, que ostentava a provocante imprenta *Printed at Carnapolis for the Delectation of the Amorous and the Instruction of the Amateur in the Year of the Excitement of the Sexes* MDCCCXCVII.[9]

Pouco ou nada se sabe sobre a recepção do livro na época: a circulação de material clandestino em uma edição de apenas duzentos exemplares vendidos em listas exclusivas não teria como deixar muitos rastros. Má não deve ter sido, no entanto, ao menos no meio em que se propunha a circular — fato demonstrado pelas reedições de *Flossie* que se encontram em praticamente

[8] Para mais informações sobre Carrington, seu papel como editor e suas publicações, ver o ensaio de DOUGLAS.

[9] A imprenta (ver p. 25 desta edição) é citada por DRUCE, p. 222.

todas as décadas desde a publicação original e também pelas traduções para idiomas tão diversos como o italiano, o alemão, o tcheco, o holandês e o dinamarquês, sendo que há pelo menos duas traduções diferentes para cada um desses dois últimos idiomas.

A ATRIBUIÇÃO A SWINBURNE

A verdadeira identidade do "admirador que conheceu a deusa encantadora e venerou-a em seu templo" permanece um mistério. No contexto do livro, o epíteto refere-se obviamente ao personagem-narrador, capitão Jack Archer, e é sob esse nome que *Flossie, a Vênus de quinze anos* aparece catalogado ainda hoje em algumas das bibliotecas européias e americanas que oferecem a obra a seus leitores. Mas não há certeza sobre quem teria sido o autor de carne e osso.

Em diversas edições, este breve romance é atribuído ao poeta inglês Algernon Charles Swinburne, embora sem razão aparente. As escassas informações disponíveis sobre essa atribuição classificam-na, em geral, de algo que vai de "destituída de quaisquer provas" a "falsa" — sem, no entanto, apresentar uma argumentação mais detalhada.[10]

Mas se Swinburne pode não ter sido o autor de *Flossie*, que indícios poderiam motivar essa associação ou mesmo torná-la plausível, ainda que seja falsa?

[10] Ver, respectivamente, PERKINS, p. 44, e CRAIG, p. 208. Mesmo assim, a atribuição parece ser tão forte que Joanne Shattock, na p. 834 do *The Cambridge Bibliography of English Literature Volume 4, 1800–1900*, lista *Flossie* junto com as demais obras atribuídas ao poeta inglês. Também chama a atenção o fato de as poucas referências disponíveis sobre a autoria de *Flossie* preocuparem-se mais em estabelecer que seu autor não foi Swinburne do que estabelecer quem de fato o foi.

Um rápido exame da reputação que o poeta maldito gozava ainda enquanto vivo revela que, além de ser um bêbado e desbocado notório,[11] seu volume *Poems and Ballads* causou furor quando foi publicado, em 1866, por conta de versos que envolviam formas extremas de erotismo, como a necrofilia e a flagelação — tendo esta última exercido sobre o poeta inglês um fascínio que talvez lembre Masoch. Oscar Wilde teria qualificado Swinburne de "um fanfarrão em assuntos ligados ao vício, que fez tudo o quanto podia para convencer os compatriotas de sua homossexualidade e bestialismo sem ter a menor inclinação ao homossexualismo e à bestialidade" — mas podem-se encontrar provas indiscutíveis da atração pelo chicote e por outras perversões sexuais na correspondência pessoal enviada por Swinburne ao pintor pré-rafaelita Simeon Solomon, que, vendo-se em situação financeira precária após ser preso por sodomia, resolveu vender as cartas mais picantes recebidas do amigo célebre para arrecadar algum dinheiro.[12]

Entre outras obras atribuídas a Swinburne figuram *The Wippingham Papers* (1888?), um livrinho em prosa e verso lançado em edição limitada a duzentas e cinqüenta cópias que versava sobre o tema da flagelação — e, como se não bastasse, o poeta ainda é suspeito de ter contribuído versos para o periódico *The Pearl*, um dos mais importantes periódicos pornográficos de toda a era vitoriana.[13]

[11] CUNNINGHAM, p. 774
[12] MORGAN, p. 155
[13] LEGMAN, p. 494

Antes de se apaixonar por Flossie e encantar-se com seu impressionante talento para a felação, na primeira cena do livro o capitão Jack Archer pára na rua, estarrecido com a beleza da jovem que vem a seu encontro e revela que

> Era uma menina de quinze anos, com um rosto e um corpo belos como eu jamais vira ou sonhara. Tufos de cabelos ondulados, castanhos e brilhosos caíam-lhe até a cintura. Os olhos violeta espreitavam por sob longos cílios curvos e pareciam rir em uníssono com as curvas alegres dos rubros lábios carnosos. Estes e outros mil encantos eu conheceria de cor mais tarde, mas o que marcou-me no primeiro encontro foi o volume e a beleza extraordinários de seu busto, posto à mostra em toda a glória graças ao vestido que, no verdadeiro estilo artístico francês, insinuava-se por entre os seios, delineando as formas exuberantes e formosas com adorável fidelidade. Alta e ágil, movia-se qual uma jovem deusa, o vestidinho exibindo as pernas moldadas com perfeição, para onde as meias rendadas cor de creme decerto haviam sido feitas com o intuito único de chamar a atenção.

Não há dúvidas de que, sendo um livro pornográfico, *Flossie* tem o intuito de excitar o distinto leitor. Assim, é bastante razoável supor que a descrição acima deva lhe parecer apetitosa e, com grau ainda maior de certeza, que assim parecia para o capitão Archer. A bem dizer, os encantos de Flossie, tomados como um todo, são quase a descrição do ideal de beleza vitoriano: pernas bem torneadas, lábios carnudos, seios fartos realçados pela roupa ajustada ao corpo — à primeira vista, nada muito diferente do estereótipo contemporâneo da mulher atraente. Mas o romance pornográfico, por mais transgressor que seja, não tem como escapar às convenções da época em que foi escrito, e assim podem-se observar em *Flossie* detalhes interessantes a respeito dos ideais de beleza e fantasias sexuais da época vitoriana.

Os cabelos de Flossie, por exemplo — longos cabelos castanhos, ondulados e brilhosos, que lhe caem sedosos e fragrantes pelas costas —, devem ter parecido para o bom capitão um tanto mais excitantes do que parecem ao leitor moderno, e não apenas porque este último não os desfrutou a roçarem-lhe o corpo enquanto se refestelava em um *soixante-neuf* com a jovem Vênus. Os cabelos tinham uma importância muito grande para os ingleses da era vitoriana e, portanto, apareciam em posição de destaque na prosa de seus romancistas. Era comum fazerem-se jóias e adornos com os cabelos de amigos íntimos e familiares, que por vezes ofereciam tufos das próprias melenas como presente. Quando a troca de fios se dava entre um casal de amantes, vinha carregada de implicações sensuais — e mesmo fora deste contexto os cabelos eram um tanto sensualizados e mesmo sexualizados. A lírica da época, por exemplo, traz inúmeras referências às "tendas do amor" — a pequena cortina de cabelos que se forma quando, deitada em cima de seu amante, a garota deixa os cabelos caírem ao redor de sua cabeça —, uma imagem clássica que pode estar sendo ironizada quando o narrador, depois de pagar, com o rosto enfiado entre as coxas de Flossie, seu tributo à "Grande Rainha Branca", beija-lhe o corpo e os seios e sente que "os cabelos fragrantes que me roçavam o rosto e os ombros imiscuíam seu perfume de rosa-chá".[14]

Flossie também encanta o capitão com imitações (como a da Grande Rainha Branca e a do jornaleiro com sotaque *cockney*) e danças (o capitão enleva-se com o

[14] Para mais informações sobre a importância atribuída aos cabelos na sociedade vitoriana, ver o ensaio de GITTER.

número de *nautch* e mais tarde dança um cancã com suas companheiras), de modo que, no desfecho da história, Jack Archer menciona as "cenas" que representou com as "atrizes" Flossie e Eva — um comentário que, dado o contexto em que o livro foi publicado, não passa despercebido.

Na virada do século, o teatro havia alcançado o *status* de instituição respeitável, e as profissões de ator e diretor já eram vistas com alguma dignidade. O mesmo, porém, não ocorria com as atrizes e dançarinas, que sofriam forte preconceito e eram vistas como prostitutas. Assim, Flossie, ao dançar ou fazer gracejos em que fantasia ser algum personagem, não excita o capitão apenas pela brincadeira em si, mas também por apresentar-se em uma condição que, no imaginário vitoriano, correspondia à das prostitutas.

Mesmo assim, e por mais experimentada que seja nas artes orais, Flossie apresenta-se como virgem, o que não chegava a ser uma contradição na Inglaterra do século XIX — de fato, a possibilidade não apenas constava no cardápio oferecido pelos bordéis do século XIX, mas figurava como um de seus grandes atrativos. Havia inclusive bordéis especializados em deflorações de meninas,[15] e a própria Fanny Hill de Cleland inicia-se na carreira de prostituta vendendo sua virgindade em um prostíbulo aos quinze anos — mesma idade de Flossie.

Assim como aconteceu com a pornografia, a prostituição também foi legalizada na Inglaterra com a implementação do *Venereal Diseases Act*, entre 1864 e 1869,[16] época em que a maioridade sexual era de apenas doze anos.[17] As-

[15] GORDON, p. 113

[16] BARRY, p. 15

[17] Historicamente, a maioridade sexual na Inglaterra foi de doze anos

sim, durante algum tempo, desvirginar meninas pré-púberes prostituídas foi uma prática vitoriana[18] que podia ser desfrutada sem nenhum constrangimento legal até 1885 (dois anos antes da publicação de *Flossie*, portanto), quando uma série de artigos jornalísticos escritos por W.T. Stead denunciando a prática resultou no *Criminal Law Amendment Act 1885*, que elevou para dezesseis anos a idade em que as meninas estavam legalmente livres para o sexo.

A NINFOMANIA

Não há dúvida de que a personagem epônima de *Flossie*, mesmo vendo-se impedida de consumar sua paixão por Jack, tem uma inclinação notável ao exagero sexual — mesmo segundo os padrões atuais.

Em pleno século XIX, um apetite tão voraz seria considerado patológico, pois as noções então correntes sobre a ninfomania davam como sintomas da doença a inclinação para o flerte, a entabulação de conversas sobre casamento, a riqueza, o tribadismo, o clitóris de dimensões avantajadas e, como não poderia deixar de ser, o desejo excessivo, em especial nos casos em que a iniciativa sexual partia da mulher. Também figuravam como particularmente suscetíveis ao furor uterino as adolescentes e as virgens.[19] Em suma, para os padrões vigentes na época, Flossie seria algo como o protótipo perfeito de uma ninfomaníaca, assim como todas as amigas que encontra pelo caminho — e não é por acaso que descobre

entre 1275 e 1576, quando esta idade foi diminuída para dez anos; então foi restabelecida em doze anos em 1861 e passou para treze e dezesseis anos em 1875 e 1885, respectivamente. Ver WAITES, p. 75, e COCCA, p. 16.

[18] GORDON, p. 113.

[19] GRONEMAN, pp. 340–341, 345–348 e 353–355.

sua paixão pelo sexo justamente em Paris, com Ylette de Vespertin, que, para agravar de vez a situação, é francesa.

A prova final do furor uterino, no entanto, não haveria de passar despercebida ao pornógrafo vitoriano: ao longo do livro, a iniciativa de quase todas as peripécias sexuais fica por conta de Flossie ou, eventualmente, de sua protetora Eva — enquanto uma das poucas iniciativas de Jack, mais para o final do romance, é justamente conter o desejo de Flossie.

A LINGUAGEM PORNOGRÁFICA

Desde a aurora da pornografia, ocorrida no século XVI com a publicação dos *Sonetti Lussuriosi*[20] de Pietro Aretino (1492–1556), os escritores libertinos vêm fazendo uso de palavras obscenas. Antes do século XIX, no entanto, o vernáculo não era usado de modo sistemático e, mesmo quando aparecia, era apenas uma das várias partes integrantes de um contexto mais amplo. Afinal, ao longo da história a pornografia serviu não apenas para excitar os leitores (sem dúvida uma função primordial), mas também para outros fins igualmente nobres, como ridicularizar os clássicos, zombar da igreja e humilhar a nobreza — sem contar o caráter implícito ou explícito da pornografia como manual do sexo. O vocabulário chulo, mesmo que versasse sobre o assunto (como é sempre o caso em se tratando de material pornográfico), buscava ao mesmo tempo outros efeitos, o que resultava em uma linguagem sexual, mas sofisticada e polissêmica, rica em metáforas, símiles e outros floreios estilísticos, como acontece em *Fanny Hill* — uma linguagem que misturava o ato sexual físico com os sentimentos, com a natureza e

[20] Para uma edição brasileira dessa obra, ver Aretino, Pietro. *Sonetos luxuriosos*. Tradução de José Paulo Paes. São Paulo: Cia. das Letras, 2000.

com o todo orgânico do mundo. Porém, no século XIX o panorama começou a mudar, ao menos para a pornografia inglesa: as palavras ditas chulas começaram a ser usadas de modo cada vez mais sistemático, ao passo que as metáforas e outras figuras de linguagem foram substituídas pelo jargão simples e puro, fechado a qualquer interpretação não-sexual. A idéia aproxima-se muito da noção contemporânea do que seja pornografia: despir o texto de tudo o que seja acessório e centrar a atenção do leitor no sexo, através de palavras-ícones que substituem os próprios objetos que nomeiam em vez de meramente insinuá-los e não deixam espaço à imaginação, como "caralho", "boceta" e "foder".[21]

Flossie, publicado em 1897 — o período de transição entre as duas linguagens —, parece situar-se na zona cinza entre as duas fases. Há metáforas usadas repetidas vezes — em especial "verga", mas encontra-se também vocabulário bélico (como "espada" e "montar a brecha") e arquitetônico ("pilastra"), além de outros símiles variados ("pau de armar barraca", "vara do amor") —, mas os caralhos e bocetas já marcam presença de forma inconfundível.

Os personagens de *Flossie* demonstram plena consciência do poder da linguagem pornográfica: mesmo sendo muito desenvolta na prática sexual, Flossie sente vergonha de usar o jargão que lhe é próprio, como se percebe no trecho em que diz ao capitão Archer:

> Jack, acho que eu não vou poder contar minhas aventuras sem de vez em quando usar umas palavras que não se ouvem na catequese. Você se incomoda?

A resposta do capitão deixa claro que a linguagem

[21] As idéias apresentadas neste parágrafo baseiam-se em SIGEL (2000) e BRAGA.

explícita do sexo é absolutamente imprópria fora de um contexto íntimo:

> Minha querida, quando estamos assim, a sós, e além do mais atrevidos, como agora estamos, toda palavra que deixa os seus lábios adorados soa-me doce e desprovida de qualquer ofensa.

Em cena bastante parecida, Eva declara ao capitão:

> Desejo ser fodida de todas as formas possíveis e imagináveis essa noite... desculpe usar essa palavra, Jack, mas é a única que realmente expressa meu sentimento.

Depois de ouvir mais uma resposta convidativa por parte do capitão, Eva dá vazão a todos os seus "sentimentos":

> Então me deixe agarrar esse caralho e tocar uma punheta para ver de que tamanho fica quando está bem teso. [...] Acho que vai se encaixar direitinho na minha boceta.

Por outro lado, ainda que aos olhos modernos a história pareça muito mais pornográfica do que erótica, encontram-se alguns resquícios do discurso anterior, menos explícito e mais subjetivo: ainda que de modo algo satírico, Flossie desponta não apenas como o objeto da volúpia de Jack Archer, mas também como menina-mulher que sente desejo e faz o quanto pode para satisfazê-lo, sem esquecer do amor que nutre pelo capitão — que por sua vez corresponde a todas as necessidades afetivas e sexuais da garota.

***

E por que ler, hoje, um romance pornográfico do século XIX? Claro, há os aspectos culturais, mas para saciar apenas essa curiosidade existem muitos outros romances um tanto mais apropriados. A resposta pode ser muito mais simples do que parece: é que o sexo, como a boa literatura, não envelhece nunca.

BIBLIOGRAFIA

BARRY, Kathleen. *Female Sexual Slavery*. NYU Press, 1994.

BRAGA, Guilherme da Silva. "A tradição pornográfica e Bocage". In: *Cadernos do* IL nº 31. Universidade Federal do Rio Grande do Sul: Porto Alegre, dezembro de 2005.

BULLOUGH, Vern L.; BULLOUGH, Bonnie. *Human Sexuality: An Encyclopedia*. Taylor & Francis, 1994.

BURROUGHS, Rod. "Oscar Wilde's Translation of Petronius: The Story of a Literary Hoax." *English Literature in Translation 1880–1920*. 38:1 (1995), *apud* DOUGLAS, Paul. "Charles Carrington and the Commerce of the Risqué". In: *The International Journal of the Book*, Vol. 4, N. 2. Common Ground: Melbourne, 2007.

COCCA, Carolyn. *Adolescent Sexuality: A Historical Handbook and Guide*. Greenwood Publishing, 2006.

CRAIG, Alec. *Suppressed Books: A History of the Conception of Literary Obscenity*. World Publishing Company, 1963.

CUNNINGHAM, Valentine. *The Victorians: An Anthology of Poetry & Poetics*. Blackwell, 2000.

DOUGLAS, Paul. "Charles Carrington and the Commerce of the Risqué". In: *The International Journal of the Book*, Vol. 4, N. 2. Common Ground: Melbourne, 2007.

DRUCE, Robert. "Pulex Defixus, Or, The Spellbound Flea: An Excursion Into Porno-Gothic." In: TINKLER-VILLANI, Valeria; DAVIDSON, Peter (Ed.). *Exhibited by Candlelight: Sources and Developments in the Gothic Tradition*. Amsterdam/Atlanta: Rodopi, 1995.

GITTER, Elizabeth. "The Power of Woman's Hair in the Victorian Imagination". PMLA, Vol. 99, No. 5, (Oct., 1984), pp. 936–954.

GORDON, Richard. *A assustadora história do sexo*. Tradução de L. Alves e A. Rebello. Rio de Janeiro: Ediouro, 1997.

GRONEMAN, Carol. "Nymphomania: The Historical Construction of Female Sexuality". *Signs*, Vol. 19, No. 2, (Winter, 1994), pp. 337–367.

LEGMAN, G. "Erotic Folksongs and Ballads: An International Bibliography". *Journal of American Folklore* v. 103 (October/December 1990), pp. 417–501.

MORGAN, Thaïs E. "Reimagining Masculinity in Victorian Criticism: Swinburne and Pater". In: MILLER, Andrew H.; ADAMS, James Eli. *Sexualities in Victorian Britain*. Indiana University Press, 1996.

PERKINS, Michael. *The Secret Record: Modern Erotic Literature*. Masquerade Books, 1992.

SHATTOCK, Joanne. *The Cambridge Bibliography of English Literature Volume 4, 1800–1900*. Cambridge University Press, 1999.

SIEGEL, Lisa Z. "Name Your Pleasure: The Transformation of Sexual Language in Nineteenth-Century British Pornography". Journal of the History of Sexuality, Vol. 9. No. 4 (October 2000), pp. 395–419.

______. "The Rise of the Overly Affectionate Family: Incestuous Pornography and Displaced Desire among the Edwardian Middle Class". In: SIGEL, Lisa Z. *International Exposure: Perspectives on Modern European Pornography, 1800–2000*. Rutgers University Press, 2005.

WAITES, Matthew. "The Age of Consent and Sexual Consent". In: COWLING, Mark; REYNOLDS, Paul. *Making Sense of Sexual Consent*. Ashgate, 2004.

FLOSSIE, A VÊNUS DE QUINZE ANOS

Flossie, a Vênus de quinze anos, por um admirador que conheceu a deusa encantadora e venerou-a em seu templo. Impresso em Carnápolis para o deleite dos lúbricos e a instrução dos amadores no ano da excitação dos sexos

MDCCCXCVII

PREFÁCIO

Ao TRAZER a público a narrativa de uma experiência prazerosa, tenho plena consciência da minha incapacidade para fazer justiça ao charme indescritível de sua protagonista.

Filha legítima da deusa de Paphos, Flossie acrescentou aos encantos eróticos herdados da saudosa mãe um senso de humor que não se encontra nos registros do Monte Ida nem em outro lugar. Os leitores afortunados o bastante para terem encontrado a combinação hão de concordar que este é um incentivo sem páreo aos atos amorosos.

Se alguns desses atos, na forma aqui registrados, parecerem integrar uma escola mais avançada das práticas amorosas, permitam-me lembrar os opositores de que Flossie pertence ao fim de século, *quando tais coisas são feitas*, para o bem-estar, conforto e deleite de um enorme contingente de belas garotas inglesas e para a indizível satisfação de seus adoradores.

Assim, nas palavras do anfitrião da Cidade:

Silêncio, cavalheiros, para a vossa heroína, Flossie: a Vênus de quinze anos.

J.A.

POST-SCRIPTUM Flossie revisou ela própria esse trabalho despretensioso e acrescentou notas de rodapé aqui e acolá que, a seu entender, não devem ser vistas como intermissões dolorosas de um relato verídico.

All thine the new wine of desire
The fruit of four lips as they clung
Till the hair and the eyelids took fire;
The fan of a serpentine tongue,
The froth of the serpents of pleasure,
More salt than the foam of the sea,
Now felt as a flame, not at leisure
As wine-shed for me!

They were purple of rainment, and golden,
Filled full of thee, fiery with wine,
Thy lovers, in haunts unbeholden,
In marvellous chambers of thine.
They are fled and their footprints escape us
Who appraise thee, adore, and abstain,
O daughter of Death and Priamus!
Our Lady of Pain.[1]

A.C. Swinburne

[1] É tua a volúpia na taça,/ O fruto dos lábios de amantes/ Com olhos, cabelos em brasa,/ A espuma da língua serpeante,/ A escuma das serpes do gozo/ Mordaz como a espuma do mar,/ Que oscila entre flama e repouso —/ Meu vinho no altar./ E vestem-se em roxo e dourado,/ Cheios de ti, ébrios de vinho,/ Teus pares, à sombra habituados,/ Nas câmaras do teu fascínio./ E vão sem sabermos sua sorte,/ Veneram-te e adoram-te em ardor,/ Ó filha de Príapo e Morte,/ Senhora da Dor.

MEU AMOR AINDA É MENINA

No FIM de uma tarde ensolarada em junho, estava eu caminhando pelas ruas mais tranqüilas de Piccadilly quando duas figuras vindas a meu encontro chamaram-me a atenção. Uma era uma mulher alta e delicada de uns vinte e sete anos de idade que, em outras circunstâncias, teria recebido mais do que um simples olhar de aprovação. Mas foi sua companheira que comandou um olhar espantado de admiração em que o ar quase me faltou. Era uma menina de quinze anos, com um rosto e um corpo belos como eu jamais vira ou sonhara. Tufos de cabelos ondulados, castanhos e brilhosos caíam-lhe até a cintura. Os olhos violeta espreitavam por sob longos cílios curvos e pareciam rir em uníssono com as curvas alegres dos rubros lábios carnosos. Estes e outros mil encantos eu conheceria de cor mais tarde, mas o que marcou-me no primeiro encontro foi o volume e a beleza extraordinários de seu busto, posto à mostra em toda a glória graças ao vestido que, no verdadeiro estilo artístico francês, insinuava-se por entre os seios, delineando as formas exuberantes e formosas com adorável fidelidade. Alta e ágil, movia-se qual uma jovem deusa, o vestidinho exibindo as pernas moldadas com perfeição, para onde as meias rendadas cor de creme decerto haviam sido feitas com o único intuito de chamar a atenção. Incapaz de desgrudar os olhos dessa visão encantadora, aproximei-me do par quando, para minha surpresa, a mais velha de repente pronunciou meu nome.

— O senhor não lembra de mim, Capitão Archer?

Meu desconcerto durou um instante, mas a voz deu--me a pista.

— Claro que lembro — respondi. — A senhorita é Miss Letchford, que dava aulas às minhas irmãs!

— Exato. Mas eu abandonei o magistrado que, hoje, por sorte já não é mais necessário. Estou morando em um apartamento com a minha amiguinha aqui. Permitam--me apresentá-los. Flossie Eversley, Capitão Archer.

Os olhos violeta riram para mim; e os lábios rubros entreabriram-se em um sorriso alegre. Uma covinha surgiu-lhe no canto da boca. Era meu fim! Sim; aos trinta e cinco anos de idade, com experiência de sobra em cada um dos estágios do amor, sucumbi a essa garota adorável com um rosto infantil que sorria-me acima da feminilidade incipiente dos seios arredondados — e admiti minha derrota!

Um ou dois momentos depois eu as havia passado e trazia o endereço do apartamento no bolso, pois assumira o compromisso de fazer-lhes companhia durante o chá do dia seguinte.

Ao meio-dia recebi a seguinte carta:

Caro Capitão Archer,

Lamento ter de me ausentar quando o senhor vier nos ver; mas não estou de todo triste, pois desejo que trave amizade íntima com Flossie. Ela é órfã e não tem nenhum parente vivo. Acaba de voltar de uma escola em Paris. Em anos, claro, é uma garota, mas em tato e em cultura é uma mulher adulta; e também nas formas, como o senhor bem pode ver! Flossie tem um temperamento muito afetuoso e arrebatado, e o olhar que o senhor lançou-lhe ontem não passou desapercebido. Para ser franca, ela se apaixonou! Estou certa de que o senhor ficará em ótima companhia. Trate-a com muito carinho e conseguirá dela qualquer coisa no mundo. Pergunte sobre a escola francesa; Flossie adora falar a respeito. Quero vê-la feliz, e creio que o senhor pode me ajudar. Lembre-se: ela tem apenas quinze anos.

Cordialmente,
Eva Letchford

Renuncio a qualquer tentativa de descrever meus sentimentos diante de uma carta tão notável. Meu primeiro impulso foi desistir da visita ao apartamento. Porém, o rosto fresco como as flores, os lábios macios e rosados e os olhos sorridentes desfilaram-me pela lembrança, seguidos de uma visão momentânea dos seios maravilhosos e das suaves pernas bem-torneadas nas meias marrons, e eu soube que meu destino estava selado. Afinal, a mensagem na carta de Eva Letchford não tinha como passar incólume e, de fato, quando cheguei ao apartamento, ela mesma abriu-me a porta, sussurrando ao sair:

— Flossie está aí dentro, à sua espera. Fiquem bem à vontade. Só mais uma coisa: o senhor já esteve em Paris um bocado, não? Flossie também. Ela é *muito* jovem... mas *existem meios*... Adeus.

Passei ao aposento contíguo. Flossie estava acomodada em uma *chaise longue*, lendo. Ao mover as pernas sob a anágua, com um movimento súbito que revelou a fina renda das calçolas, a garota veio em minha direção, as faces coradas, o olhar reluzente, a postura mesclando, de modo encantador, a timidez pueril e os prazeres antecipados. O vestidinho branco esvoaçou enquanto atravessava o aposento, com os seios firmes e arredondados visíveis sob a camisa justa de seda; que homem de carne e sangue mortais seria capaz de resistir a essas tentações? Eu é que não! No instante seguinte eu a tinha em meus braços. Cobri de beijos os cabelos, a fronte, os olhos, as bochechas e, então, trazendo seu corpo cada vez mais próximo do meu, grudei meus lábios na boca rubra e deleitei-me em um beijo longo e delicioso que beirava a loucura — um beijo a ser lembrado para todo o sempre — ainda tão vívido na memória que vou tentar descrevê-lo. Minhas mãos estavam atrás da cabeça de Flossie, enterradas nos longos cabelos castanhos. Os braços dela me enlaçavam, firmes e aferrados. Durante o impacto inicial, seus lábios estavam fechados, mas no instante seguinte abriram-se e devagar, aos poucos, quase como se em cumprimento a um rito solene, a língua rósea insinuou-se para dentro da minha boca e, trazendo consigo ondas dos fluidos perfumados em sua garganta, enrolou-se, lúbrica, ao redor da minha, enquanto Flossie baixou as mãos até minhas nádegas e, na ponta dos pés, puxou-me para perto de si com a cumplicidade extraordinária que em geral se obtém na conjunção dos corpos. Nenhum de nós proferiu uma palavra — na verdade, dadas as circunstâncias, falar era impossível, pois nossas línguas estavam entrelaçadas em uma carícia de doçura indizível, que nem eu nem ela desejávamos abandonar. Por fim, o sangue pôs-se-me a correr nas veias a uma velocidade insuportável e vi-me compelido a desgrudar meus lábios dos seus. Ainda em silêncio, mas cheia de amor e desejo no olhar, Flossie pôs-me em uma cadeira baixa, sentou-se no braço, pousou a mão atrás de minha cabeça e, olhando fundo nos meus olhos, sussurrou meu nome com melodias que eram como o som de água corrente. Beijei-lhe os lábios entreabertos muitas e muitas vezes e, por fim, senti que chegara a hora de dar alguma explicação:

— A sua amiga Eva volta daqui a quanto tempo? — perguntei.

— Ela foi para o campo e só deve estar de volta já tarde da noite.

— Então eu posso ficar com você, não posso?

— Pode, sim, fique, *fique* Jack! Sabe, eu tenho ingressos para uma peça de Ibsen hoje à noite, e pensei se... se... você poderia... me levar!

— Levar *você*... para assistir Ibsen... com um vestidinho curto e esse cabelo comprido descendo pelas costas? Você acha que nos deixariam entrar?

— Ah, se *esse* é o problema, espere um instante.

Flossie saiu às pressas do aposento com um frufru de anágua e um relance das pernas cobertas por seda marrom. Mal tive tempo de imaginar o que estaria aprontando quando ela voltou. Havia trajado um dos vestidos longos de Eva, feito o cabelo em um coque e posto o meu chapéu-coco e um *pince-nez* azul; com uma bengala de apoio, aproximou-se com ar desafiador e, encarando-me por trás das lentes, disse com um vozeirão masculino:

— Agora, se o senhor estiver pronto para assistir a peça de Ibsen, *eu* estou. Ou, se o seu gosto for tão baixo que o senhor nem ao menos se importa com o teatro, posso oferecer-lhe uma dança.

Enquanto falava, arrancou o vestido, atirou meu chapéu no sofá, soltou os cabelos com um movimento do pulso e, apontando para o piano, levantou o vestido e começou a dançar.

Encantado como eu estava pelo humor de sua rápida transformação em "mulher de Ibsen", as palavras afiguram-se inúteis para descrever minha condição enquanto, fraco, fiz soarem alguns compassos ao piano ao mesmo tempo em que observava a dançarina.

Cada movimento tinha a perfeição da graça e, no entanto, não havia uma só dançarina de *nautch* em toda a Índia capaz de representar o estímulo sexual com maior desenvoltura. Estarrecido, admirado e mudo, vi os olhos violeta cintilarem de desejo, os lábios rubros entreabrirem-se e a anágua diáfana ser levantada cada vez mais alto; as calçolas de babado reluziam na brancura. Por fim, exausta e sem fôlego, Flossie atirou-se em uma cadeira, com os olhos fechados, as pernas abertas e o busto arquejante. Uma mistura de perfumes invadiu-me as narinas — metade *odor di faemina*, metade o perfume de rosas brancas que seus cabelos e roupas recendiam.

Atirei-me em cima dela.

— Diga-me, Flossie, querida, o que devo fazer *primeiro!*

A breve resposta não tardou um só momento:

— Beije-me... *entre as pernas!*

No instante seguinte eu estava ajoelhado a seus pés. As pernas estavam muito abertas. Depois de adotar uma postura sentada, mergulhei a cabeça entre as coxas dela. A anágua atrapalhava um pouco, mas logo consegui chegar ao ponto desejado. Para a minha surpresa, em vez de encontrar os lábios fechados e impenetráveis, como é comum em meninas jovens, descobri-os maduros, rubros e intumescidos e, enquanto minha boca fechava-se sobre a deliciosa fenda e a língua investia contra o clitóris fremente, percebi que os aguilhões da consciência haviam sido em vão. Todos os meus poderes eram postos à prova e eu tentava, com todos os meios de que dispunha, provar a Flossie que eu não era um amante morno. Passando os braços por trás de seu corpo, estendi a língua ao comprimento máximo e, com movimentos rápidos e ágeis, penetrei o recôndito perfumado. Suas mãos juntaram-se atrás da minha cabeça; doces suspiros de prazer emanaram de seus lábios e, enquanto eu deflagrava um último e vitorioso ataque sobre o clitóris ereto, seus dedos agarraram-se ao meu pescoço e, com um espasmo gozoso, Flossie cruzou as pernas em minhas costas, puxou meu rosto em sua direção e segurou-me com uma firmeza convulsiva ao mesmo tempo em que os eflúvios aromáticos de todo seu ser corriam prazerosamente à minha boca extasiada.

Enquanto eu punha-me de pé, Flossie cobriu o rosto com as mãos; flagrei, no entanto, o brilho de um olhinho azul por entre os dedos, onde notei um misto de recato e travessura. Então, como desse por si de repente, ela sentou-se, cobriu os joelhos com a anágua e, espiando-me por sob os cílios curvos, disse num tom de profunda melancolia:

— Jack, eu não sou uma garota *má!* Mesmo assim, eu não trocaria *isso* nem por um milhão de libras.

— Nem eu, minha querida; e sempre que você quiser repetir...

— Não, não, agora é a sua vez.

— Como? Flossie, você não está querendo dizer que...

— Não só estou querendo *dizer* como *fazer* também. Sente-se de uma vez naquele sofá, senhor.

— Mas, Flossie, eu...

Sem dizer mais uma palavra ela pulou em cima de mim, pendurou-se no meu pescoço e prostrou-me no divã. Deitada em cima de mim, a garota enlaçou suas pernas sedosas ao redor das minhas e, forçando toda a extensão da língua entre os meus lábios, começou a mexer o corpo para cima e para baixo num delicioso movimento ondulatório que logo pôs-me num estado de excitação que beirava o desvario. A seguir, gesticulando com o dedo para que eu não me mexesse, aos poucos ela deslizou até o chão, onde ficou de joelhos.

Então senti o delicado toque de seus dedos em minha verga tesa. Levando o membro ereto até a boca, Flossie usou a língua para tocá-lo com leveza indescritível; então, enquanto abria os lábios, devagar, introduziu-o pouco a pouco em sua boca ao mesmo em que me segurava com firmeza pela base, onde sua mão executava um suave sobe-e-desce. Logo os movimentos da língua intensificaram-se e sua cabecinha começou a mover-se com vigor no sentido perpendicular. Enterrei os dedos nos cabelos castanhos, agarrei-me ao pescoço alvo e fui metendo a chapeleta cada vez mais fundo naquela boca deliciosa, até quase tocar-lhe a úvula. Os lábios, a língua e as mãos de Flossie trabalhavam com ardor redobrado, e minhas sensações ficaram cada vez mais mais intensas até que, com um grito, implorei que permitisse me afastar. Balançando a cabeça com ênfase marcada, Flossie segurou-me a vara com ainda mais firmeza, passou a mão livre às minhas costas, puxou-me em direção a seu rosto e, com um efeito persistente da boca, levou o delicioso ato amoroso à sua conclusão lógica, recusando-se a soltar os lábios até que, alguns minutos mais tarde, os últimos indícios da recente crise houvessem desaparecido por completo.

Foi então, e só então, que ela se pôs de pé e, curvando-se por cima de mim, beijou-me a testa e cochichou:

— Está feito! Jack, agora o amor que lhe tenho é vinte vezes maior.[1]

[1] Este fato é conhecido por toda garota que já chupou e foi chupada pelo homem ou pelo *garoto* que ama. Para aproximar as pessoas, supera *de longe* a foda. Eu já experimentei os dois e *sei* do que estou falando. — *Flossie*

Encarei o rosto delicado em uma adoração muda.

— Por que você não fala comigo? — ela exclamou. — Tem mais alguma coisa que você quer que eu faça?

— Na verdade, tem — respondi.

— Então diga logo.

— Estou louco de vontade de ver os seus seios nus!

— Ah, querido, claro! Eu vou mostrar para você. Espere-me um instante.

Ela afastou-se mais uma vez; eu mal percebera sua ausência quando olhei para a frente e lá estava Flossie. Não trajava nada além de uma camisa íntima e meias; a camisola estava abaixada para deixar os seios à mostra.

Qualquer tentativa de descrever as belezas assim reveladas ao meu olhar incrédulo não passa de um esboço grosseiro da realidade. O pescoço, a garganta e os braços tinham linhas sinuosas e exuberantes, que jamais trairiam sua juventude imatura.

Mas eram os seios, claro, o objeto de minha atenção minuciosa e imediata. Tamanho, formato e cor eram perfeitos; eu nunca vira nada igual, e a mente humana é incapaz de conceber algo tão atraente como os mamilos coral que destacavam-se firmes e eretos, implorando beijos. Uma ampla extensão vazia separava os dois montículos nevados, que arquejavam de leve devido ao esforço recente. Por um instante observei-a com a respiração suspensa, maravilhado e pasmo, e logo, avançando em sua direção, enterrei o rosto no vale encantador, roçando os lábios ardentes nas encostas vizinhas, e enfim abocanhei os mamilos róseos, que chupei, boquejei e lambi com mil transportes de prazer.

A audaciosa garota prestava-se a cada um dos meus caprichos, empurrando os mamilos para dentro da minha boca e dos meus olhos, apertando os seios de encontro ao meu rosto e abraçando-me o pescoço com seus lindos braços nus.

Enquanto nos abandonávamos às delícias do amor, minha mulherzinha havia despido a camisa com grande habilidade e, assim, pôs-se nua em pêlo à minha frente, trajando apenas as meias de seda marrom e os sapatinhos.

— Muito bem, Jack, agora você pode ver os meus seios e o que mais você quiser. No futuro, serão esses meus trajes ao fazer amor com você. Mas espere; ainda falta um detalhe.

Saindo em disparada, Flossie reapareceu com um lindo colar de pérolas no pescoço, adornado com um pingente de rubis que pendia o suficiente para acomodar-se no Vale das Delícias entre aqueles seios maravilhosos.

— Agora eu sou a Rainha Branca das Ilhas Min-Ete. As fronteiras de meu reino são, deste lado, o piano e, do outro, a beirada de lá da cama no outro quarto. Os homens flagrados com o *menor fiapo* de roupa dentro dessas fronteiras serão condenados a perder o p... Mas alto lá! Quem se aproxima?

Protegendo os olhos com a mão junto à testa, Flossie olhou em minha direção:

— Ah! Um forasteiro; e, a não ser que nossos olhos reais enganem-se, é um homem! Logo ele verá o que acontece a quem ousa desafiar nossas leis! Ei! Atenção! Levem essa pessoa e cortem-lhe o p...

— Magnífica Rainha! — disse eu, em tom humilíssimo —, se puderdes conceder-me apenas dois minutos, hei de submeter-me a todas as vossas leis.

— E nós, bom homem, havemos de ajudá-lo. (*À parte*) Vede como é formoso![2] (*Em voz alta*) Mas antes

[2] Acho que eu nunca disse nada parecido, mas, se disse, "vede" que aproveito a ocasião para me retratar. — *Flossie*

livremo-nos desses trajes, que nada mais são além de uma afronta às nossas Leis min-eteanas. Ótimo! Agora a camisa. Mas ah, dizei-nos o que é *isso!* Tendes nossa gratidão, senhor, mas não pedimos nenhum *pau de armar barraca.*

— Pois se vossa majestade removerdes vossos dedos reais, não pouparei esforços em fazer o pau transgressor desaparecer. Assim, com a mão de Vossa Majestade a agarrá-lo...!

— Silêncio! Senhor, vosso tempo chega ao fim e, se a última peça de roupa não for removida em vinte segundos... Obedecei, portanto. Pois bem! Vereis como honramos um súdito obediente às nossas leis.

Enfiando minha vara boca adentro, a Grande Rainha Branca das Ilhas Min-Ete chupou-me a pilastra até a base e, após deslizar a língua real para cima e para baixo e aplicar os dedos reais sobre os apêndices contíguos, logo recebeu em sua garganta meu tributo à sua grandeza, que, a julgar pelo volume e pelo tempo transcorrido até o pagamento final, sem dúvida aportou grande satisfação à sua Majestade. Quanto ao meu prazer, direi apenas que foi vertiginoso; pois esse e todos os demais gracejos amatórios a que nos abandonávamos tinham um toque lúbrico especial de humor e desvario graças ao modo como essa menina-mulher planejava e conduzia nossos divertimentos. No presente caso, interpretar a Grande Rainha Branca parecia dar-lhe um prazer fora do comum; prosseguindo com a performance, Flossie pegou um longo galho de pluma-de-capim e, enquanto o balançava sobre a minha cabeça, disse:

— A próxima cerimônia exigida de um visitante a nosso reino pode parecer tediosa, mas advertimos o senhor de que devemos celebrá-la mesmo assim. Nossa pessoa real ficará neste imponente trono. O senhor sentará neste banquinho à nossa frente. Então havemos de balançar o cetro real três vezes. Após o terceiro aceno, nossos joelhos hão de se abrir para revelar ao hóspede o nicho real do amor. O hóspede saudará o nicho com um beijo que deve persistir até darmos sinal de que estamos satisfeitas. Agora, nobilíssimo hóspede, abri vossa boca, *não* fecheis os olhos e preparai-vos! Um... dois... *três!*

A pluma-de-capim balançou, as pernas afastaram-se e, no esconderijo entre as coxas de marfim, vi os lábios rubros abrirem-se e revelar o clitóris que, ereto, surgia em seu ninho logo abaixo do ralo tufo castanho que adornava a base do gracioso ventre. Fitei-a, pasmo, em um transporte mudo, até que uma voz estridente acima de mim exclamou:

— Muito bem, vamos lá, por favor; não podemos esperar o dia inteiro!

E em seguida falando com sua voz normal:

— Jack, se você não me beijar logo eu vou *morrer!*

Aproximei-me do adorável nicho e, com a boceta inteira na boca, dei-lhe uma lambida de baixo a cima ao longo dos lábios perfumados até parar no clitóris, que insinuou-se cheio de lascívia entre os meus lábios, implorando beijos. Precipitei-me sobre ela com todo o ardor de que eu era capaz, agarrando as nádegas redondas com dedos febris e puxando o ventre nu cada vez mais próximo ao meu rosto em brasa, enquanto a língua mergulhava fundo na boceta perfumada e se refestelava com o divino olor e as contrações da vulva amada.

A Grande Rainha Branca pareceu deleitar-se com essa homenagem em particular, pois vários minutos transcorreram antes que fechasse as coxas sedosas, pusesse as mãozinhas sob meu queixo, erguesse o meu rosto e, olhando nos meus olhos com amor e ternura indizíveis nos seus, dissesse apenas:

— Obrigada, Jack. Você é muito querido!

À guisa de resposta eu a cobri de beijos, sem descurar nenhuma parte do adorável corpo nu, cujas belezas variadas prestavam-se com lubricidade encantadora à empreitada amorosa. Renovei minha devoção aos seios fartos e formosos, chupando os bicos róseos com um furor gozoso e desfrutando ao máximo os movimentos rápidos de êxtase que a todo instante estremeciam-lhe a figura, assim como o aroma divino que invadia-me as narinas quando as coxas tenras abriam-se e voltavam a se encontrar e os braços roliços agitavam-se para cima e para baixo, enquanto, ao mesmo tempo, os cabelos fragrantes que me roçavam o rosto e os ombros imiscuíam seu perfume de rosa-chá.

Tudo incitava meus sentidos à loucura, e em momentos senti que postergar a consumação de nosso ardor por muito tempo seria impossível.

Olhei para os seios palpitantes, lembrei dos lábios olorosos que lá embaixo haviam intumescido a fim de receber meus beijos, do clitóris desenvolvido que revelava a história de alegrias passadas. E então... então... o doce rosto pueril voltou-se a mim, os olhos violeta pareceram assumir uma expressão suplicante e, como se a ler meus pensamentos, Flossie levou-me até uma cadeira, sentou-se no meu colo, enlaçou meu pescoço com o braço e, com o rosto colado ao meu, falou:

— Pobre, *pobrezinho!* Eu sei o que ele quer; e *eu* também tenho vontade... morro, ah, *morro* de vontade! Mas, Jack, você não imagina a amiga que Eva tem sido para mim; e eu prometi que *não faria!* Você sabe que eu só tenho quinze anos e... *as conseqüências!* Ah! Deixe para lá. Fale-me a seu respeito e eu falarei sobre mim. Quando você estiver cansado de me escutar, tape a minha boca com... ah, com o que você quiser. Agora, senhor, comece a falar!

Fiz um breve relato de minha vida da meninice em diante; um tanto morno e monótono, para dizer a verdade!

— Ah, sim, sim, tudo muito bem-comportado — ela exclamou. — Mas você não me contou o mais importante... quando é que você começou a ser assim... atrevido, e com quem?

Inventei ficções inócuas que, como pude perceber, não convenceram a astuta garota; então roguei que me contasse a sua história, o que ela pôs-se a fazer de imediato. Tentarei reproduzi-la, conquanto seja impossível dar a mais remota idéia do humor com que me foi revelada, e muito menos do prazer irrefreável que brilhava em seus olhos ao lembrar das travessuras e *amourettes* na escola. Houve, claro, várias interrupções,[3] e assumo a culpa pela maioria destas; mas, em linhas gerais, o capítulo seguinte fará um relato bastante fiel das primeiras experiências de Flossie. Algumas delas, estou certo, têm um caráter deveras apetitoso.

[3] A primeira interrupção foi um tanto séria, mas o leitor imparcial verá que a responsabilidade coube a nós dois. — *Flossie*

COMO FLOSSIE ADQUIRIU A LÍNGUA FRANCESA

— Antes de começar, Jack, eu gostaria de segurar algo firme e duro com a mão, para me dar a confiança necessária enquanto prossigo. Você por acaso teria alguma coisa do tipo?

Apresentei-lhe o que parecia ser o artigo mais apropriado "em estoque" no momento.

— Aha! — disse Flossie com uma voz afetada —, aqui está! Foi mesmo *muita* sorte você o ter aí a postos!

— Madame, como a senhora pode ver este é um artigo muito solicitado pela clientela feminina. O preço é um tanto alto... sete libras e dez...

— Ah, vejo que o senhor é duro na negociação. Mesmo assim, se me prometer mantê-lo sempre nessas condições, eu não me importaria de arcar com os custos.

— A senhora verá, madame, que tudo o que investir nele será devolvido em profusão. Nossas outras clientes mostraram-se muito satisfeitas.

— O senhor quer dizer que elas vêm mais de uma vez? Nesse caso, vou levar.

— Acaso a senhora permite que eu mesmo o carregue?

— Obrigada, mas creio que posso segurá-lo muito bem na minha mão. Não há nenhum risco de explosão, espero?

— Não se a senhora o guardar em local frio, madame.

— Imagino que não se deva agitá-lo *assim* tampouco? (*Agitando*)

— Flossie, *por favor* tire a mão daí ou vai haver uma catástrofe.

— Gostei da palavra, Jack! Mas você acha que se a "catástrofe" viesse mesmo eu não saberia o que fazer?

— *O que* você faria?

— Ora, o que se *pode* fazer com uma catástrofe além de a *engolir*?

O efeito que esse breve interlúdio teve sobre mim foi magnético. Em vez de continuar sua história, Flossie exigiu que eu me escorasse no divã e, depois de colocar dois travesseiros sob o meu pescoço, escarranchou-se em cima de mim com o rosto voltado aos meus pés. Com um ou dois movimentos deliciosos das nádegas, posicionou-se de modo a deixar a vulva escarlate logo acima do meu rosto. Então, baixando o corpo devagar, pousou a boceta suculenta em cheio sobre a minha boca, de onde a língua emergiu no mesmo instante a fim de penetrar o adorável recanto. Ao mesmo tempo, senti o cabelo acastanhado cair-me sobre as coxas, embebi o caralho pulsante entre seus lábios e fui envolto até o talo por aquela boca aveludada, enquanto as mãos dela brincavam, febris, em meio às partes vizinhas, e os bicos dos seios roçavam de leve a minha barriga.

Passados poucos instantes eu já havia recebido em minha boca o primeiro tributo de amor e trabalhava com esforço e dedicação a fim de obter o segundo, enquanto Flossie, por sua vez, enlouquecida com o prazer ministrado por minha língua errante, prendia-me a vara com força entre os lábios, deslizando-os para cima e para baixo em movimentos rápidos por toda a extensão, enrolando a língua em torno à chapeleta e mantendo o tempo inteiro uma sucção inefável que muito em breve produziu o desfecho esperado. Enquanto eu jorrava uma torrente em sua boca ávida, senti os doces lábios que eu beijava contraírem-se um instante em minha língua e a seguir abrirem-se outra vez para derramar a inundação aromática que, por obra do intenso gozo que Flossie desfrutava, aumentara em volume e doçura.

O prazer que sentíamos com esse que é o mais deleitoso de todos os atos de amor recíprocos era demasiado agudo para exaurir-se ao cabo de uma única investida. Ao estender as mãos para moldar e apertar os seios volumosos e os mamilos eretos, mais uma vez prendi o clitóris róseo entre os meus lábios, enquanto Flossie retomava o trabalho encantador no meu instrumento, que ela chupava com transportes e lascívia cada vez maiores, e movimentos tão variados que seriam surpreendentes até mesmo em uma mulher com o dobro de sua idade. Mais uma vez o orvalho fragrante destilou-se em minha língua encantada, e mais uma vez o veludo da boca fechou-se-me sobre o porraz a fim de colher o resultado de sua obra divina.

Erguendo-se devagar, quase relutante, da posição que ocupava, Flossie estendeu seu corpo nu sobre o meu e, depois de beijar-me incontáveis vezes na boca, nos olhos e nas faces, disse:

— Agora vá tomar um banho refrescante enquanto eu me visto para o jantar.

— Mas onde vamos jantar? — perguntei.

— Logo você verá. Mas *vá*, meu bom garoto!

Fiz conforme suas ordens e logo voltei do banheiro, muito refrescado pela ablução restauradora.

Cinco minutos mais tarde Flossie juntou-se a mim, parecendo mais amável do que nunca em um vestido azul-claro de manga curta em musselina, com um decote baixíssimo, meias pretas rendadas e sapatinhos bordados.

— O jantar está servido — disse ela, enquanto me pegava pelo braço e conduzia-me ao aposento contíguo, onde uma tábua de frios deliciosos me aguardava e à qual fiz justiça imediata; a seguir veio o café passado pela minha anfitriã, que também me ofereceu Bénédictine e uma caixa de excelentes charutos.

— Jack, se você já está aconchegado, vou prosseguir com a minha história. Você prefere que eu fique aqui ou que eu sente no seu colo?

— Bem, se a intenção é dar prosseguimento à história, acho melhor você ficar aí na cadeira, Flossie...

— Mas eu já expliquei que preciso segurar em alguma coisa.

— Explicou, sim, mas o resultado foi que não avançamos muito na história, como você deve lembrar...

— Ah, se lembro! É impossível esquecer. Mas olhe aqui — disse ela, erguendo um braço roliço e desnudo até o ombro. — Se eu entendi bem, você prefere não ter isso aqui em volta do pescoço?

Desnecessário dizer que nenhuma explicação bastou; no instante seguinte, Flossie estava empoleirada no meu colo e, tendo onde se agarrar com os dedos hábeis e preênseis, começou a narrativa.

— Acho que não há muito a contar antes da minha entrada na escola em Paris. Meus pais morreram quando eu era muito nova; não tenho irmãos nem irmãs e acho que não tenho um único parente no mundo inteiro. Não pense que quero contar vantagem, Jack, mas eu sou um tanto rica. Um dos meus dois guardiões morreu três anos atrás; o outro está na Índia, mas não dá a mínima para mim. De vez em quando ele escreve e pergunta como estou, mas quando descobriu que eu me mudaria para a casa de Eva (a quem conhece razoavelmente bem) ficou bastante satisfeito. Há dois anos ele matriculou-me numa escola em Paris.

Não tenho a menor intenção de chocá-lo, Jack, mas a verdade é que na época eu comecei a ter sensações deliciosas... um desejo louco por alguma coisa, mas eu não sabia o quê... que ficavam quase insuportáveis quando eu dançava ou participava de alguma outra brincadeira com um garoto ou um homem por perto. Na escola de Paris havia uma garota muito bonita, chamada Ylette de Vespertin, que, lá por seus motivos, afeiçoou-se a mim. Ela era dois anos mais velha, tinha vários irmãos e primos homens em casa e, afeita como era a brincadeiras e travessuras, tornou-se minha confidente ideal. Claro que Ylette não teve a menor dificuldade em me explicar o que estava acontecendo e, ao cabo de um ou dois dias, eu já sabia tudo o que há para saber sobre o assunto. No terceiro dia de conversa, quando eu subia ao meu quarto, Ylette pôs um bilhete na minha mão. Agora, Jack por favor vá até ali e olhe para a rua enquanto eu lhe conto o que estava escrito:

Chérie,

Si tu veux te faire sucer la langue, les seins et le con, viens dans mon lit toute nue ce soir. C'est moi qui te ferai voir les anges. Viens de suite a ton[1]

Ylette

[1] "Se quiseres que te chupem a língua, os seios e a cona, vem nua esta noite a minha cama. Eu te farei ver anjos. Vem logo para a tua Ylette." [N. da E.]

Minha memória é boa, mas, ainda que não fosse, eu jamais teria esquecido as palavras naquele bilhete, pois elas marcaram o início de uma época repleta de delícias para mim.

Acho que, se eu fosse uma jovem bem-comportada, eu não teria dado nenhuma importância ao convite. Mas, da forma como foi, despi toda a minha roupa, tremendo, e fui voando até o quarto de Ylette, que era vizinho ao meu. Até então eu nunca havia prestado atenção às formas dela. A última peça de roupa estava caindo ao chão no exato momento em que entrei; pasma, fiquei admirando aquela nudez, perfeita como as linhas de uma estátua. Um desejo irrefreável de tocá-la me consumia e, saltando sobre Ylette, passei as mãos por todo seu corpo nu, até que ela me agarrou pela cintura, arrastou-me até a cama, posicionou-me na beirada e, de joelhos sobre a maciez do tapete, mergulhou a cabeça entre as minhas pernas, quando, com os lábios grudados aos *outros* lábios diante de si, abriu-os com um movimento hábil da boca e inseriu a língua com um golpe certeiro que enviou ondas de prazer indescritível por todo o meu corpo, seguidas por um êxtase ainda maior quando tocou naquele ponto que *você* conhece tão bem, Jack... aquele bem no alto... e, roçando a língua por cima, por baixo e ao redor dele, logo conseguiu o que pretendia e, nas palavras dela, *me faisait voir les anges.*

Claro que eu não tinha experiência nenhuma, mas fiz o melhor que pude para retribuir os mimos recebidos e, como tenho uma língua muito longa e afilada e Ylette tinha a boceta... ah, Jack, *até que enfim falei!* Vá olhar para a rua outra vez; ou, melhor, venha até aqui e tape a minha boca com... eu *ia* dizer a sua língua, mas isso aqui é bem melhor. Que malvado, veja só o tamanho! Agora ponha as mãos atrás da minha cabeça e enfie-o até encostar na minha garganta. Imagine que a minha boca é um *outro lugar*, meta como se um demônio o possuísse e não pare por nada enquanto não sentir o mundo acabar. Ah! Que coisa mais querida, amada e deliciosa! Como palpita de emoção! Aposto que ele consegue *ver* a minha boca ansiosa. Venha, Jack, meu querido, meu amado, deixe-me chupá-lo! Quero sentir esse caralho celestial entre os meus lábios, contra a língua, quero chupá-lo e drenar cada gota recebida na minha boca. Agora, Jack, *agora*...

Os lábios rubros cobriram, famintos, o objeto do desejo, a língua rósea deslizou lasciva pela vara palpitante e, por duas vezes, a maré do amor correu à solta e foi recebida em meio a intensos transportes na boca aveludada.

Nada que eu já houvesse feito comparava-se ao prazer que obtive com o contato inebriante entre os lábios e a língua dessa jovem garota e as minhas partes mais sensíveis — um prazer tornado ainda mais intenso pelo amor que eu lhe sentia, maior a cada instante, e pelo intenso gozo dela no adorável passatempo. De fato, as sensações que me proporcionava eram tão agudas que eu quase me esquecia da privação imposta pela promessa de Flossie à sua amiga. Na verdade, ao pensar na tenra idade e na beleza inigualável de suas formas de menina, com cintura de vespa, barriga lisa como a seda e seios firmes e arredondados, o todo parecia uma obra perfeita demais para ser estragada — ao menos naquele momento — pelas prováveis conseqüências de um coito levado a sua conclusão lógica por um casal de amantes desejosos.

Então baixei mais uma vez a cabeça até o lugar de descanso entre as coxas brancas como a neve e, mais uma vez, colhi de minha pequena amante os tesouros fragrantes escondidos no sagrado repositório do amor, que ela esbanjava em meus lábios insistentes com arquejos e suspiros e todos os sinais de prazer imagináveis nessa entrega.

Logo era hora de partir e, por sugestão de Flossie, despi-a, penteei seus cabelos sedosos e pu-la na cama. Com a cabecinha sobre o travesseiro branco, parecia tão bela e infantil que eu pretendia dar-lhe boa-noite apenas com um beijo nas faces. Porém a idéia estava em desacordo com o seu entendimento do assunto. Flossie sentou na cama, abraçou-me o pescoço, aconchegou o rosto de encontro ao meu e sussurrou-me no ouvido:

— Nunca mais vou prometer nada na vida.

Foi um momento terrível, e minha resolução por pouco não fraquejou. Mas consegui juntar forças para resistir e, depois de um abraço demorado, em que a língua de Flossie ficou se enroscando e roçando com a minha em movimentos de uma lascívia indescritível, plantei-lhe um beijo de adeus sobre o mamilo do seio esquerdo, chupei-o por um instante e logo me evadi do quarto.

Ao chegar a meus aposentos, acendi um charuto e sentei-me a fim de refletir sobre a incrível bem-aventurança de ter me deparado com essa ligação sem igual. Para mim estava claro que eu havia encontrado em Flossie o exemplar único de sua espécie. Uma garota de quinze anos com todos os tenros encantos dessa maravilhosa idade somados à fascinação de uma mulher apaixonada e lúbrica. Acrescente-se um temperamento bem-equilibrado, um agudo senso de humor e o perfeccionismo artístico em tudo o que ela fazia e admitir-se-á que o encontro de todas essas qualidades em uma pessoa de beleza irretocável era motivo suficiente para os cumprimentos com que eu contemplava a minha sorte e as visões rosáceas do prazer vindouro que envolveram meus sentidos, na vigília e no sono, até a manhã seguinte.

Por volta do meio-dia fui até o apartamento. Eva Letchford abriu-me a porta.

— Fico muito feliz em vê-lo — disse ela. — Flossie saiu para um passeio de bicicleta, e assim posso falar o que quero.

Quando Eva foi até a janela para levantar um pouco a gelosia, pude admirar a mulher de beleza esplêndida que se tornara. Percebendo os olhares de franca admiração, sentou-se numa espreguiçadeira à minha frente, cruzou as pernas bem-torneadas e, olhando para mim com um sorriso largo e satisfeito, disse:

— Bem, Jack... vou chamá-lo apenas de Jack, claro, afinal nós três seremos ótimos amigos... você recebeu minha carta naquele outro dia. Sei que você deve tê-la achado estranha, mas quando nos conhecermos melhor você verá por que a escrevi.

— Querida, eu já entendi. Você esquece que eu passei várias horas na companhia de Flossie. Tudo o que você queria era assegurar a felicidade dela, e espero que Flossie lhe conte que o plano deu certo.

— Não há segredo entre nós duas. Ela me disse tudo o que se passou entre vocês. Também me disse o que *não* se passou, e que você sequer tentou fazê-la quebrar a promessa.

— Eu seria um bruto se...

— Então creio que dezenove em vinte homens seriam brutos... mas não vem ao caso. Quero informá-lo de que aprecio muito a sua delicadeza e que algum dia, com o consentimento de Flossie, pretendo demonstrar o meu apreço na prática.

Nesse instante ela cruzou o pé direito sobre o joelho esquerdo e, muito à vontade, removeu uma poeira imaginária da meia em seda furta-cor.

— Agora preciso trocar de vestido. Você vai ficar e almoçar conosco, não? Muito bem. Este é o meu quarto. Vou deixar a porta aberta para que possamos conversar enquanto Flossie não chega. Ela prometeu estar aqui à uma hora.

A conversa seguiu um rumo trivial enquanto eu observava, muito satisfeito, as operações na *toilette* do aposento ao lado.

Então ouvi um gritinho entristecido:

— Ah, querido, querido! Jack, venha aqui um segundo. Prendi um seio no espartilho e ele agora está com uma marca vermelha. Veja! Você acha que vai aparecer com uma roupa de noite?

Examinei o ferimento com todo o cuidado e atenção possíveis.

— Minha opinião profissional, madame, é que, como a marca está a apenas dois centímetros acima do mamilo, podemos esperar que...

— *Acima* do mamilo! Então temo que possa aparecer — disse Eva, com uma risada alegre.

— Talvez a massagem cuidadosa de uma mão experiente possa...

— Ma'o quié isso, quié isso! — disse de repente uma voz com forte sotaque *cockney* na porta. — Deix'sa m'ler em paz, ou vou-li mostrar uma coisa, ah, se vou!

— Quem é essa pessoa? — perguntei a Eva, pousando minhas mãos em seus seios a fim de protegê-los do olhar desse intruso.

— P'soa é você! — disse a voz. — A p'mera coisa qu'cê vai fazer é tirar-li as mão dos peito aí da moça e aí eu vou te *descer a mão* em ti!

— Mas, senhor, entenda que a senhorita se machucou e eu apenas ofereci ajuda profissional.

Por um momento houve uma pausa, durante a qual notei que meu oponente trajava uma boina vermelha, uma blusa de seda ajustada ao corpo, uma sainha curta de flanela branca e meias vermelhas. A encantadora figura pulou sobre mim de boca e braços abertos e beijou-me com um abandono delicioso.

Depois de uma risada gostosa por conta do sucesso da mais recente imitação de Flossie, Eva nos empurrou para fora do quarto e disse:

— Leve-a daqui, Jack, e veja se *ela* tem alguma marca. Esses selins de bicicleta às vezes machucam. Vamos almoçar daqui a quinze minutos.

Levei minha pequena amante adorada para o quarto e, depois de ajudá-la a se despir, inspecionei, de joelhos, a região onde o selim podia tê-la arranhado, mas não achei nada além de um belo e firme traseiro, que saudei com muitos beijos luxuriosos em todos os cantos que a língua alcançava. Então levei-a nua até o banheiro, passei-lhe a esponja do pescoço aos pés, sequei-a, meti a língua uma única vez em sua boceta, levei-a de volta ao quarto, vesti-a e, vinte minutos depois de deixarmos o quarto de Eva, estávamos prontos.

No andar de baixo, um lauto almoço esperava-nos servido. A mesa ficava em um pequeno anexo à sala principal, e esse distanciamento me agradou, pois assim pudemos aproveitar ao máximo o fluxo constante de entretenimento e pantomimas com que Flossie fez-nos chorar de tanto rir durante a refeição. Eva também tinha uma forte inclinação ao ridículo, e, como eu fosse ao menos um espectador alegre, o baile seguiu repleto de bom humor.

Depois do almoço Eva manifestou o desejo de assistir a um concerto no Piccadilly e, passados alguns minutos, eu e Flossie estávamos mais uma vez a sós.

— Jack — disse ela —, hoje eu estou me sentindo muito, muito atrevida. Se você quiser eu continuo a minha história enquanto você fica no sofá fumando um charuto.

A idéia agradava-me demasiado e aceitei a sugestão.

— Bem, então vou começar. Mas antes me dê um beijo bem linguarudo. Ah! Assim! Agora vou me sentar nesse banquinho ao seu lado, e *acho* que posso desabotoar um ou dois botões para sentir se a história vai ter algum efeito em você. Céus! Já está duro como um atiçador! *Preciso* esfregá-lo um pouco…

— Mas então que seja devagar e suave, Flossie, *por favor*, senão…

— Sim, bem, *bem* devagar e suave — está bom, Jack?

— Bom não é a palavra certa, querida!

— Por falar em palavras, Jack, acho que eu não vou poder contar minhas aventuras sem de vez em quando usar umas palavras que não se ouvem na catequese. Você se incomoda? De qualquer modo, nessas horas você pode olhar para a rua, se quiser!

— Minha querida, quando estamos assim, a sós, e além do mais atrevidos, como agora estamos, toda palavra que deixa os seus lábios adorados soa-me doce e desprovida de qualquer ofensa.

— Então está bem; assim fica mais fácil contar a minha história e, se *por acaso* ela ficar muito chocante… ah, você sabe como eu adoro que você me tape a boca, não é mesmo, Jack?

Uma palpitação do membro aprisionado deu a resposta que ela desejava.

— Vamos ver então. Onde foi que eu parei? Ah, sim, na cama de Ylette.

— Isso, ela já havia lhe feito um minete e você estava ocupada no mesmo ofício amistoso.

— Claro, eu falava sobre como o comprimento da minha língua compensou a pouca experiência que eu tinha... ao menos foi o que Ylette teve a gentileza de dizer. Mas acho que o elogio foi sincero: ela gozou várias vezes antes que eu saísse do meio de suas pernas. Depois disso tentamos o minete duplo, que foi um sucesso estrondoso, pois, ainda que Ylette fosse, como eu disse, mais velha do que eu, éramos quase da mesma altura, de modo que, quando ela se ajoelhou sobre mim, sua boceta naturalmente ficou acima da meus lábios, e os lábios dela acima da minha boceta, e nessa posição pudemos desfrutar de um prazer enorme.

Nesse instante vi-me obrigado a implorar que Flossie tirasse a mão direita do lugar onde se encontrava.

— O que eu não consigo entender — prosseguiu ela — é que haja um número tão grande de garotas na França, e umas tantas na Inglaterra também, que, depois de receberem um minete de uma outra garota, não se importam com mais nada. Pode ser que nunca tenham se apaixonado por um homem, porque para *mim* o menor toque dos seus lábios naquela partezinha vale mais que dez mil beijos de qualquer outra pessoa, homem ou mulher, e quando tenho seu querido, amado e delicioso caralho a encher-me a boca eu não penso em mais nada no mundo, só em lhe dar o maior prazer imaginável e fazer você descarregar na minha garganta no menor tempo possível...

— Se você quer mesmo bater o recorde, Flossie, acho que agora é um bom momento...

Antes que as palavras deixassem meus lábios por completo o membro em questão já se encontrava entre os *dela*, onde a seguir estremeceu no clímax em resposta à sucção indescritível da boca e dos lábios cujo segredo Flossie conhecia.

Quando lhe disse o quão inefáveis eram as sensações que assim me proporcionava, ela respondeu:

— Ah, agradeça a Ylette! Logo antes de travarmos amizade ela foi passar as férias em uma casa de campo que pertencia a um jovem casal de amigos muito próximos dela. Um garoto muito bonito de seus dezoito anos também estava lá. Os dois se apaixonaram de imediato, e Ylette aprendeu a fazer-lhe o broche de modo a estimular os prazeres mais intensos. Conforme disse-me mais tarde, "Todo dia, toda noite, quase toda hora ele metia o malho na minha boca, esfregava-o contra a minha língua e inundava-me a garganta com uma torrente divina. Com gentileza encantadora, não poupou esforços para mostrar-me todas as variações do broche, todas as formas de se chupar a pica de um homem. Segundo disse, nada deve ser deixado à imaginação, que, conforme explicou, jamais produz efeitos tão bons quanto exercícios práticos detalhados feitos em um caralho teso de verdade, socado até o talo na boca da aluna, a quem se pode descrever no ato as diferentes chupadas, forte, fraca, lenta ou rápida, cujos efeitos precisos é mister que ela conheça a fim de obter, no menor tempo possível, o fluxo mais copioso do licor perfumado que deseja extrair do amante".

"Imagino", continuou Ylette, "que acabamos gostando do que fazemos bem-feito. Seja como for, o que mais gosto na vida é de chupar o cacete de um belo garoto. Se ele quiser enfiar a língua na minha cona ao mesmo tempo, *tant mieux*".

Infelizmente a estada do garoto foi de apenas duas semanas, mas, como havia vários outros homens no grupo, e como ele era esperto o suficiente para saber que depois das recém-ministradas lições nas artes amatórias sua amante não havia de manter-se abstêmia, implorou para que Ylette se esbaldasse em sua ausência, de modo que, segundo ela me disse, "*au bout d'une semaine il n'y avait pas un vit dans la maison qui ne m'avait tripoté la luette, ni une langue qui n'était amie intime de mon con*".[2]

Todas essas instruções me foram repassadas por Ylette, mediante treinos práticos em que o meu dedo médio substituía a coisa em si, que, é claro, não se podia obter na escola… pelo menos não naquela época.

Ylette deve ter sido uma ótima professora, pois nunca tomei outra lição que não as dela, e a sua é a primeira vara do amor em que tive a honra de fazer um broche. Meu plano é mesmo correr atrás do tempo perdido, pois gostaria que você soubesse, querido, que estou muito apaixonada por você todinho e que, acima de tudo, adoro seu caralho angelical e a cabecinha coralina dele, que tanto amo chupar e enfiar na boca. Venha, Jack, venha! Vamos fazer outra chupada dupla. Só um momento! Pronto! Agora estou nua. Vou me sentar sobre o seu rosto com as pernas bem abertas e a boceta a lhe beijar a boca. Ponha toda a língua para dentro de mim, Jack, e faça com que se enrosque em meu clitóris. Ah! Assim… bem assim. Que delícia! Logo devo me calar, pois encherei a boca com todo o seu delicioso cacete; enfie; enfie tudo até a minha garganta, Jack, e, quando a hora chegar, descarregue o mais que você puder, pelo tempo que agüentar. Mas antes vou masturbar você um pouco e massagear as suas

[2] "Ao cabo de uma semana, não havia uma vara sequer que não me tivesse cutucado a úvula, nem língua que não fosse amiga íntima da minha cona." [N. da E.]

bolas. Nossa! O estado em que se encontra! Agora vou engolir... m... m... m... m... m... m...!

Por alguns minutos, arquejos e gemidos de prazer foram os únicos sons audíveis no recinto, e, durante esse tempo, cada um de nós se esforçou para dar ao outro as mais intensas sensações. Posso assegurar que o êxito de Flossie foi completo e, a julgar pelos movimentos convulsivos de seu traseiro e a dificuldade que tive em manter minha língua posicionada sobre o clitóris palpitante, arrisco dizer que a operação não fracassou. A suspeita confirmou-se graças à descarga copiosa e protraída que a boceta amada despejou-me na garganta ao mesmo tempo em que a boca incomparável recebia minha verga até o talo e uma torrente magistral recompensava os deliciosos esforços de Flossie em me dar prazer.

— Ah, Jack! Foi divino — suspirou ela ao sair da posição encantadora. — *Como* você descarregou, querido! E eu também, não é mesmo, Jack?

— Meu anjo, achei que você não fosse acabar nunca — respondi.

— Sabe, Jack, acho que você chegou a passar da minha garganta! O certo é que você conseguiu a "*tripotage de luette*" que o amigo de Ylette recomendou com tanto entusiasmo!

— Eu também acho que nunca fui tão fundo na sua boceta, Flossie.

— É verdade; eu senti a sua língua tocar um ponto onde nunca havia alcançado antes. E não é que foi uma delícia quando alcançou? Quase me venho outra vez só de pensar! Mas chega desses atrevimentos. Para mostrar como estou comportada, vou prosseguir com a minha história, se você quiser. Quero contá-la porque sei que você deve estar o tempo inteiro imaginando como uma garota da minha idade pode ser assim tão... como poderíamos dizer, Jack?

— Travessa — sugeri.

— Ah, "travessa", muito bem. Claro que sempre fui "precoce", como se costuma dizer, e além disso a amizade com Ylette e todas as coisas maravilhosas que ela fazia comigo levaram-me a amadurecer muito mais rápido que as outras garotas. Devo dizer que eu era uma das favoritas da escola e, quando souberam que eu e Ylette praticávamos o minete, comecei a receber bilhetinhos de várias outras garotas implorando para que eu dormisse com elas. Uma, muito querida, chegou ao ponto de me dar as medidas da língua, que havia tirado com um pedaço de barbante.

— Ah, *Flossie!* Eu posso engolir muita coisa, mas...

— Com certeza, Jack! Tenho motivos de sobra para acreditar! Mas é tudo verdade. Você não tem idéia de como são as garotas francesas de quinze anos. Elas fazem qualquer coisa por um minete, e, se uma garota é graciosa ou encantadora, se tem pernas bonitas, ou ainda seios avantajados, pode se dar o luxo de a cada dia da semana ter a cabeça de uma admiradora diferente debaixo de sua anágua. Claro, é tudo muito errado e horrível, mas o que mais você esperava? Na França as chupadas entre homens e mulheres adultos são reconhecidas e...

— Hoje em dia, não *só* na França — acrescentei.

— É o que se diz por aí. Mas na França *todo mundo* faz. As garotas na escola sabem, como, aliás, sabem quase tudo. Nessa época da vida... da *minha* vida, se você preferir... uma garota não pensa em mais nada. Salvo em casos de extrema sorte, ela não pode ficar a sós com um garoto ou um homem adulto. Um dia uma outra garota, sua amiga, põe a cabeça por baixo de sua anágua e faz-lhe um minete delicioso. Você acha surpreendente que, a partir desse momento, ela disponha-se a fazer qualquer coisa para obter esse prazer?

— Flossie, por favor prossiga. Você está uma delícia hoje!

— Jack, não ria. Estou falando sério. Não me importa até que ponto uma garota, digamos, da minha idade deseje extravasar com um garoto… é perfeitamente compreensível e natural. O que acho errado é que *já no início* ela seja levada a tomar gosto pela língua das outras garotas. Eu gostaria de ver garotos e garotas à solta, uma ou duas vezes por semana, em festas com o objetivo explícito de se chupar, onde estariam presentes os professores e as governantas (para assegurar que não se fizessem *outras* coisas, claro). Assim as garotas cresceriam com um gosto saudável pelo sexo oposto, e, mesmo que fizessem uns minetezinhos entre si de vez em quando, seria apenas para se distrair até a "festa" seguinte. Segundo o meu plano, o cacete acabaria sendo o objeto central dos desejos das garotas, como deve ser. Acho que essa idéia é *muito* boa, Jack, e assim que eu crescer mais um pouco irei a Paris, onde hei de apresentá-la ao ministro da educação!

— Mas para que esperar, Flossie? Por que você não vai agora?

— Ah, você sabe, se o velho… suponho que o ministro seja velho, ou ele não seria ministro… visse uma garota de vestidinho curto, pensaria que ela tem algum interesse pessoal nessas festas de chupada. Uma pessoa adulta que já houvesse concluído os estudos daria a impressão de agir por puro altruísmo em benefício da geração seguinte.

— Entendo. Mas quando você *for* mesmo, Flossie, por favor leve-me junto, ou a alguma outra pessoa respeitável, porque eu não ponho a minha mão no fogo por esse ministro da educação e, por mais comprido que seja o vestido que você esteja usando na hora, garanto que, velho ou moço, assim que você terminar a explicação desse nobre projeto ele vai pedir uma demonstração prática na poltrona do escritório!

— Como você ousa dizer uma coisa dessas, Jack? Fique sabendo que, de agora em diante, minha boca serve a apenas três propósitos: comer, falar e beijar você em qualquer parte do corpo que eu deseje num dado momento. A propósito, você não se importaria se eu fizesse uma única exceção a Eva, certo? Ela adora que eu passe a língua em seus mamilos até ficarem rijos; às vezes também praticamos o *soixant-neuf*.

— Posso assistir na próxima vez? — perguntei, cheio de ardor.

— Ah, Jack, estou chocada!

— Flossie! Nesse caso, retiro o que eu disse e peço desculpas.

— Tarde demais para retirar. Você disse, com todas as palavras, que gostaria de assistir à nossa performance no próximo minete.

— Bem, acho que disse mesmo.

— Silêncio, senhor! — bradou Flossie com uma voz retumbante, enquanto sacudia a cabecinha castanha para mim com uma agressividade inexpressável. — O senhor fez uma proposta de caráter muito indecente, e a sentença do Tribunal é que, na primeira oportunidade possível, o senhor seja *obrigado a mantê-la!* Neste ínterim o Tribunal condena-o a receber 250 beijos em diversas partes do corpo, a serem administrados imediatamente. Sendo assim, dispa-se já!

— Será que eu posso ficar com...

— Não, senhor, *não pode!*

A sentença do Tribunal foi seguida à risca, sendo uns três quartos dos beijos previstos aplicados sobre uma única e mesma parte do corpo do prisioneiro, à qual o Tribunal prendeu os lábios com notável gosto.

NOX AMBROSIANA

MINHAS RELAÇÕES com as ocupantes do apartamento tornavam-se a cada dia mais íntimas e mais freqüentes. Meu amor por Flossie ficava cada vez mais profundo e intenso na medida em que aumentavam as oportunidades de observar a rara doçura e delicadeza de seu caráter, além do charme que envolvia todos os seus comentários e ações como um feitiço. Flossie tinha momentos de tanta sensibilidade, de discernimento tão profundo, que às vezes eu me via pedindo sua opinião sobre algum assunto intrincado com a certeza de receber conselhos sólidos; outras vezes a criança nela aflorava e a garota saía brincando e aprontando como uma gatinha travessa. Também havia um terceiro comportamento, quando, sem dar aviso, tornava-se lúbrica e me acariciava e agarrava seu brinquedo favorito, enfiava-o na boca e me chupava em um transporte de furor erótico. Não preciso dizer que o temperamento variável conferia um toque muito picante à nossa ligação e que eu quase deixei de pensar em sua consumação suprema. Mas, em um anoitecer quente, em junho, Flossie abordou mais uma vez o assunto, reiterando sua tristeza pela privação, que acreditava ser demasiado severa.

Assegurei-a de que não era o caso.

— Bem, Jack, se para *você* não é, para *mim* é! — exclamou. — Além disso, tem mais alguém "bastante da mesma opinião", como nosso antigo jardineiro dizia.

— Como assim, minha criança?

Flossie correu até o cômodo ao lado e voltou no instante seguinte.

— Sente-se e escute. Dormindo na cama daquele quarto está a pessoa que, depois de você, é quem eu mais amo no mundo. Não há nada que eu pudesse recusar a ela, e tenho certeza de que você vai acreditar quando eu pedir, de joelhos, que você entre ali e faça com Eva o que a minha promessa impede-o de fazer comigo. Jack, eu sei o quanto você me ama e você sabe *como* eu o amo. *Nada* pode mudar isso. Pois bem, Jack, você deve ir até Eva, chupá-la com vontade, deixá-la chupar você (ela *adora*) e, então, possuí-la de todas as formas e em todas as posições… vou amá-lo mil vezes mais.

— Mas Flossie, querida, Eva não…

— Ah, se não! Espere só até pôr a cabeça entre as coxas dela e você verá! Vamos; vou acompanhá-lo até a porta e depois me afasto. Eva está na beira da cama por causa do calor, de lado. Deite-se em silêncio *por trás*. Ela deve pensar que sou eu, e talvez você ouça… algo interessante. Venha! Depressa!

A visão que tive ao entrar no quarto de Eva tiraria o fôlego de qualquer um. Estava de lado, com o rosto em direção à porta, nua em pêlo e ferrada no sono. Esgueirei-me na ponta dos pés em direção a ela e fitei toda a glória de sua nudez em um encantamento mudo. Os cabelos caíam-lhe como uma nuvem sobre a alvura dos ombros. O rosto tinha um leve rubor, e os lábios carmesins estavam entreabertos. Mais abaixo, os seios reluzentes capturavam a luz do abajur ao lado da cama enquanto os mamilos rosados subiam e desciam, marcando o compasso de sua respiração. Um dos lindos braços estava atrás da cabeça; o outro estendia-se ao longo da coxa escultural. Até mesmo o bom Santo Antão seria perdoado ao sucumbir diante um quadro tão formoso!

Como sói acontecer às pessoas adormecidas quando alguém as observa, Eva mexeu-se um pouco, e seus lábios abriram-se, como se quisessem falar. Em silêncio, fui até o outro lado da cama e, após despir toda a roupa, deitei-me a seu lado.

Então, sem que se virasse, Eva disse, em uma voz sonolenta:

— Ah, Flossie, é você? O que você fez com Jack? (*Pausa*) Quando você vai me deixar passar a noite com ele, Flossie? E queria tê-lo aqui agora, no meio das pernas… no me-e-e-i-o d-a-a-a-s pe-ernas! Ah, querida! Estou muito fogosa essa noite. Quando eu *puder* passar a noite com Jack, Flossie, posso chupar o pau dele antes de fazermos a outra coisa? Flossie… Flossie… por que você não responde? Querida! Ah, você deve estar cansada, o que não é de se estranhar! Acho que o melhor é me cobrir e tentar pegar no sono.

Quando Eva levantou a cabeça do travesseiro, sua mão roçou em mim.

— Que os Anjos e Ministros da Graça defendam-nos! O que está acontecendo? Jack, é *você! Você ouviu o que eu disse?*

— Lamento dizer que sim, Eva.

— Bem, não interessa; é tudo verdade, e ainda tem mais! Mas antes de qualquer coisa eu preciso sair e dar um beijo nesse amor de Floss que mandou você para cá. É a cara dela, e não sei fazer um elogio melhor que esse!

— Jack — disse Eva, ao voltar para o quarto —, devo avisá-lo de que a noite será tempestuosa. Nos assuntos amorosos, estou de jejum há meses. Hoje estou muito excitada e, nesse estado, acho que sou uma das companhias mais eróticas que você poderia encontrar. Flossie me autorizou a *dizer* e a *fazer* tudo o que eu quiser com você, e pretendo fazer amplo uso dessa permissão. Flossie também me disse que você é um mineteiro muito hábil. Eu adoro que me façam o minete. Será que você me faria a gentileza, Jack?

— Ah, querida, com certeza!

— Ótimo! Mas não pense que só eu vou desfrutar. Também vou fazer-lhe um broche, e você verá que não sou novata nessa arte. Outra coisa que você talvez queira tentar é o que os franceses chamam de "*fouterie aux seins*".

— Sei tudo a respeito do assunto e, se eu puder agasalhar Monsieur Jacques entre esses dois seios deliciosos, morrerei de prazer.

— Excelente. Chegamos agora ao grande drama, do qual você e Floss vêm se abstendo com tanta nobreza. Desejo ser fodida de todas as formas possíveis e imagináveis essa noite... desculpe usar essa palavra, Jack, mas é a única que realmente expressa meu sentimento.

— Não se desculpe, querida. Nas atuais circunstâncias não existem palavras proibidas.

— Muito me alegro, pois assim é bem mais fácil conversar. Então me deixe agarrar esse caralho e tocar uma punheta para ver de que tamanho fica quando está bem teso. Ah! Que belo garoto! Acho que vai se encaixar direitinho na minha boceta. Quero beijar essa cabecinha tentadora. Ah! Que delícia! Jack, preste atenção: vou me deitar com a cabeça no travesseiro e quero que você se ajoelhe por cima de mim e entre na minha boca. Pode enfiar à vontade, como se estivesse fodendo, e, quando for descarregar, passe a mão por trás do meu pescoço e atoche a pica até o fundo da minha garganta, mas *não se atreva* a sair de lá até que eu tenha recebido tudo o que você tem a me dar. Sente no meu peito um instante e permita-me titilar seu caralho com os meus mamilos. Não é gostoso? Ah!

Eu tinha certeza que você apreciaria! Mas agora ajoelhe-se junto ao meu rosto que eu vou chupá-lo.

Com os lábios desejosos fazendo biquinho e dedos ávidos, Eva agarrou minha verga pulsante e introduziu-a em sua boca macia. Ao entrar, fui saudado pela língua aveludada que envolvia a cabeçola em mil roçadas lascivas.

Ciente da instrução de Eva, comecei a operar o instrumento como se estivesse em outro lugar. Logo ela pôs as mãos sobre as minhas nádegas e começou a regular o ritmo das investidas, assistindo-as com um movimento apropriado da cabeça. A certa altura, por um descuido meu, seus lábios escaparam; com um gritinho, Eva prendeu minha pica entre os dedos e, no instante seguinte, já o tinha novamente entre os lábios e deliciava-se com o intenso prazer de chupar.

Em seguida pus as mãos por trás de seu pescoço, a fim de dar-lhe o sinal, e senti minha própria alma sair do corpo em resposta à insistência de seus lábios, enquanto ela sentia meu caralho latejar com a passagem da torrente amorosa.

Ao cabo de um breve descanso e de uma palavra agradecida pelo prazer transcendental que me proporcionara, comecei um verdadeiro *tour* de beijos pelas regiões encantadas entre o pescoço e os joelhos, que acabou com uma estadia prolongada nesta última, quando enfim Eva falou:

— Por favor, comece passando a língua devagar, pelas bordas dos lábios, depois enfie-a por inteiro na parte de baixo e faça um vai-e-vem por um tempo. Em seguida, aos poucos, desloque-a para a parte de cima e, ao chegar lá, aplique a língua com firmeza sobre o meu clitóris por mais ou menos um minuto. Então prenda o clitóris entre os seus lábios e chupe-o *como um louco*, mordisque-o e deslize a ponta da língua por baixo dele. Depois que eu gozar duas vezes, o que deve acontecer em menos de três minutos, ponha-se de pé, enfie toda a língua na minha boca e todo o cacete na minha boceta e me foda com vontade!

Não pude conter um sorriso diante dessas instruções tão minuciosas. Meu divertimento não escapou a Eva, que justificou-se reiterando a alegação de que havia "anos" nenhum homem a tocava.

— No minete — disse ela —, os detalhes são *tudo*. No coito eles não têm tanta importância, uma vez que as principais fontes de prazer (como a estocada mais rápida ao se aproximar do fim por parte do homem, ou o conhecimento do instante exato em que se deve *apertar* a boceta por parte da mulher) vêm com relativa naturalidade, em especial depois de alguma prática. Mas agora Jack, quero que você me chupe, por favor.

— Não vejo a hora de estar com você, querida. Venha e abra as pernas para eu beijar a sua boceta sem mais delongas!

Eva agradou-se da sugestão e no instante seguinte minha língua deslizava para dentro da deliciosa cavidade, que se abria cada vez mais para receber minhas carícias e possibilitar que eu penetrasse ainda mais fundo no recôndito perfumado. Logo minhas atenções voltaram-se ao clitóris bem desenvolvido, que descobri ser de uma sensibilidade extraordinária. Na verdade, antes que os três minutos de Eva transcorressem veio-lhe a segunda efusão, e uma terceira foi obtida mediante alguns outros golpes de língua. Em seguida minha companheira deitou-se de costas, puxou-me até si e, com o meu caralho na mão, po-lo entre os seios, apertou-os com as mãos e em seguida insistiu que eu me deliciasse nessa posição. O comprimento e a rigidez conferidas ao membro pelo calor e pela maciez daqueles seios deleitou-a além de qualquer medida, e Eva suplicou por uma foda sem mais nenhum atraso. Jamais estivera eu tão pronto ou tão bem-equipado como naquele momento; assim, depois de pôr o caralho em sua boca por mais um instante, deslizei até a posição desejada entre as coxas, que Eva já havia aberto ao máximo a fim de me receber. Não tardou mais que um átimo para que o cetro do amor fosse guiado até seu destino exato e, com um espasmo do traseiro de Eva, auxiliado por uma investida de minha parte, enterrado até o cabo no interior da penugem macia que cobre aquela região.

A descrição que Eva dera de si como uma companhia lúbrica na cama não me havia preparado para as delícias que me aguardavam naquele enlace. No momento em que a ponta da minha verga tocou-lhe a matriz, Eva ficou como possessa. Os olhos estavam virados para o alto, com a língua enroscada ao redor da minha em um transporte; as mãos brincavam sobre o meu corpo, ora agarrando-me o pescoço, ora esfregando-se em minhas costas, mas sempre retornando às suas partes baixas, onde o dedo indicador e o médio descansavam abertos como um compasso sobre as bordas da boceta e apertavam-me o caralho enquanto as estocadas sucediam-se uma atrás da outra, o que aumentava ainda mais o prazer enlouquecedor que eu desfrutava. A respiração era ofegante e as panturrilhas às vezes caíam sobre as minhas, mas passavam a maior parte do tempo cruzadas sobre o meu quadril ou minhas nádegas, dando-lhe assim a chance de controlar os ritmos do meu corpo e de responder com golpes bem calculados de seu esplêndido traseiro. Por fim um grito musical irrompeu daqueles lábios, Eva submeteu-me a seu corpo nu com fúria redobrada e, enquanto deslizava toda a extensão da língua para dentro da minha boca, gozou por muito tempo com delícias indizíveis enquanto eu lhe inundava a boceta com uma torrente de volume e duração sem iguais.

— Jack — ela sussurrou —, nunca senti nada sequer parecido em toda a minha vida! Você também gostou?

— Acho que ninguém poderia dizer que "gosta" de fodê-la, Eva! Talvez se possa gostar de beijar a sua mão, ou de ajudar você a vestir um casaco festivo... prazeres pequenos assim. Mas deitar-se em meio a coxas como as suas, amparado em peitos como os seus, com a sua língua dentro da boca e o caralho metido numa boceta apertada como a sua é uma experiência sensorial que se tem só uma vez na vida.

Os olhos de Eva lampejaram quando cingiu-me nos braços e disse:

— Não é verdade! Eu faço questão de que, nesse caso, você a tenha duas vezes *em meia hora!*

— Bem, eu descarreguei duas vezes em menos de meia hora e...

— Ah! Eu sei o que você vai dizer, mas logo daremos um jeito.

Eva prosseguiu então a um exame minucioso da situação, com a cabeça baixa e de joelhos sobre a cama, granjeando-me assim a chance de observar à vontade todos os seus encantos secretos.

Ao mesmo tempo, suas operações causavam-me um deleite profundo. Com movimentos de leveza indescritível, ternos e afetuosos como o da jovem mãe que cuida do filho enfermo, Eva deslizou a mão esquerda por baixo das minhas bolas enquanto esfregava a destra, cheia de luxúria, pelo território adjacente, até que, por fim, aferrou-se em meu caralho, que, como se haveria de esperar, respondeu com sinais de crescente vigor. Feliz com a melhora apresentada pelo paciente, passou-lhe a deliciosa língua aveludada para cima e para baixo até vê-lo em pé de uma vez por todas! O resultado súbito e satisfatório do tratamento punha-a tão excitada que, sem largar seu prisioneiro, Eva passou uma perna por cima de mim enquanto eu seguia deitado e... eis-nos na clássica posição do *gamahuche à deux!*[1] Nesse instante a boceta de Eva descortinou-se pela primeira vez à minha vista em toda a sua beleza, e dediquei um momento de alegria a contemplá-la antes de enfiar minha língua entre os túmidos lábios rubi que pareciam beijar-me a boca enquanto eu sugava em êxtase aquelas dobras lascivas. Devo esclarecer aqui que, em relação a cor, proporção e beleza das linhas, a boceta de Eva Letchford era a mais perfeita que eu jamais vira ou chupara, ainda que em anos futuros a da minha querida Flossie ostentasse uma perfeição equivalente e, sendo a boceta da minha amada, a quem eu venerava, merecesse e recebesse de mim um grau de devoção jamais dedicado a nenhuma outra boceta em qualquer outra época.

A parte específica de minha anatomia a que Eva dedicava suas atenções atingiu em sua boca um tamanho e uma rigidez que prestaram todas as homenagens possíveis à sua habilidade. Com a língua a se refestelar no esconderijo encantado e o cacete ocupando o que um agente imobiliário bem poderia chamar de "uma das localizações mais privilegiadas", folguei em permanecer como estávamos, ao passo que Eva, de todo abandonada à sua encantadora ocupação, parecia ter esquecido por completo o objetivo que, a princípio, tivera em mente.

[1] A posição "sessenta-e-nove". [N. da E.]

Temendo, assim, que a insistência da boca e a delicada lascívia da língua precipitassem a crise que Eva pretendia ocorresse noutro lugar, muito a contragosto descolei meus lábios do clitóris que envolviam naquele instante e pedi que sua dona também parasse.

— Mas Jack, você está quase descarregando! — veio a reposta, em tom de reclamação.

— Exato, querida! Mas você se lembra do "duas vezes em meia hora"?

— Ah! Claro. Você ia me foder outra vez, não é mesmo? Bem, você pode ver que o sr. Johnson está em boas condições para o embate!

Rindo, Eva levantou meu cacete, que adquirira proporções enormes, e, a seguir, depois de empurrá-lo para baixo, deixou que batesse com um grande estalo de encontro à minha barriga.

Ela pareceu divertir-se com a brincadeira, pois repetiu-a por diversas vezes. Cada nova investida ultrapassava em elasticidade a anterior, e a força do rebote aumentava.

— Que querido! — disse ela, beijando a cabeça coralina. — Agora ele vai para o lugar onde escolheu morar. Venha! Venha! Venha, meu caralho *abençoado!* Enterre-se nessa boceta que o espera com tanto desejo; esfregue-se em meio às delícias dos lábios que aguardam para beijá-lo; penetre a matriz que anseia por receber a semente da vida; e faça uma pausa no caminho para apertar o clitóris que tanto o ama. Venha, meu divino e adorado caralho! Foda, foda, foda! Foda-me muito e com muita vontade: foda sem perdão! Jack, você está dentro de mim, minha boceta é sua, pertence ao seu caralho... você vê como o aperto? Mais fundo, Jack, mais fundo; agora suas bolas beijam meu traseiro. Que delícia! Esmague meus seios contra o seu peito, Jack, es-m-m-m-ague-os! Agora devagar, deixe o seu pau roçar no meu clitóris... As... si... im... Agora mais rápido, mais forte... ainda mais rápido... dê-me sua língua e crave as suas unhas no meu traseiro! Vou gozar: foda-me, Jack, foda, foda-me, fo-o-o-oda! Meu Deus! Que dádiva! E você também está descarregando. Nós do... o... ois juntos, nós dois ju... u... u... ntos. Derrame tudo dentro de mim, Jack! Inunde-me, afogue-me, faça meu ventre transbordar. Deus! Que delícia. Não pare. Seu caralho ainda está grande e teso. Meta-o dentro de mim... encoste no meu umbigo. Deixe-me bater uma punheta enquanto você entra e sai. Que caralho mais gostoso! Está mais duro do que nunca. Que coisa maravilhosa! Ah, Jack, foda-me! Ah, foda-me até amanhã, foda-me até eu morrer.

Temo que o vernáculo, em sua forma impressa, possa parecer um tanto rude. Contudo, aqueles que estiveram com uma bela e delicada mulher que, nos momentos de êxtase, abandona-se a tais liberdades expressivas conhecem o estímulo assim conferido ao poder sexual. Na situação ora relatada o efeito, somado aos toques lúbricos e aos esforços incansáveis para despertar e atiçar o desejo por parte dessa deliciosa garota lasciva, foi o de conferir-me ao membro uma rigidez que pulsava até quase estourar dentro da boceta que o envolvia enquanto perseguia seus desígnios triunfais com tanto afinco que até mesmo os recursos da insaciável Eva esgotaram-se, e por fim ela ficou arquejando sem fôlego em meus braços, onde logo a seguir entregou-se a um sono tranqüilo. Depois de puxar uma colcha de seda para cobrir seu corpo, pus-me de pé com todo o cuidado, vesti-me e em cinco minutos eu estava a caminho de casa.

MAIS SOBRE A VIDA ESCOLAR DE FLOSSIE; E OUTROS ASSUNTOS

— Bom dia, Capitão Archer! Dormiu Bem? — perguntou-me Flossie no dia seguinte, quando, ainda pela manhã, apresentei-me no apartamento. — Minha amiga, Miss Letchford, ainda não deixou seus aposentos — continuou, no tom polido das mulheres de meia-idade. — Ela reclamou de uma noite um tanto agitada por conta de... ahem!

— Ratos atrás do lambril? — sugeri.

— Não, minha amiga afirma estar tresnoitada por conta de uma forte irritação na... perdoe a insolência das minhas palavras... nas partes baixas de sua pessoa, seguida de uma ardência prolongada na região. Ela ainda está sofrendo com esses sintomas, e encontrei-a com um travesseiro enfiado entre as... ahem! ... pernas, com o que tentava aliviar a sensação.

— Nossa! Miss Everley, a senhorita acha que eu poderia ajudar de alguma forma? (*Dirigindo-se à porta de Eva.*)

— O senhor é *muito* gentil, Capitão Archer, mas já fiz massagens vigorosas na região e... dispensei-lhe outras atenções, que acalmaram a pobre enferma. Mas, Jack, seu canalha! Você nem me beijou... Ah, assim está melhor! Você não vai ficar surpreso ao saber que Eva fez-me um relato completo e detalhado dessa noite em claro nos próprios termos dela, que, como você sem dúvida notou, às vezes são bastante *explícitos*.

— Eu dei tudo de mim, querida, como imaginei que você fosse querer. Na verdade não foi difícil tendo Eva como parceira. Mas, mesmo com todo o charme e a lascívia dela, eu não conseguia parar de pensar "ah, se eu estivesse em cima da minha Flossie agora!". A propósito, você está adorável hoje, Floss.

Ela trajava um vestido curto de algodão estampado que mal lhe cobria os joelhos, meias cor-de-rosa e pretas e chamativos sapatinhos de couro com fivelas prateadas. Os longos cabelos castanhos ondulados adquiriam o brilho do ouro na luz da manhã; os olhos, de um azul profundo, irradiavam saúde e amor, e volta e meia soltavam faíscas de alegria. Fitei aquela beleza em êxtase.

— Você gostou do meu vestido, Jack? Que bom. É a primeira vez que o estou usando. Faz parte do meu enxoval.

— Do seu *o quê*, Flossie? — gritei.

— Do meu enxoval — repetiu ela em voz baixa, mas com chispas travessas dançando no olhar. — Jack, um dia desses Eva disse que, mesmo sem termos casado, eu e você estamos em uma espécie de lua-de-mel. Então, como eu tinha acabado de receber um bom dinheiro dos advogados, ela me convenceu a sair e a comprar tudo novo. Olhe só aqui. (*Desamarrando o corpete*) Espartilho novo, camisa nova, meias novas e ah! Jack, *olhe*, olhe essas *adoráveis* calçolas novas... nada de calções horrendos e vulgares; essas aqui tem enfeites e pregueados lindos até em cima, além de serem abertas na frente para... para ventilar, eu acho! Sinta como são macias! Eva foi muito específica em relação a essas calçolas. Ela é muito prática, sabe?

— Prática! — interrompi-a.

— Sim. Ela disse que muitas vezes você ia querer me beijar entre as coxas em ocasiões em que não teríamos tempo de tirar a roupa e ficar nus e que, assim, eu deveria ter calçolas feitas do material mais fino e mais delicado para agradar você, com um corte extralargo para não atrapalhar a sua língua! Você não acha que é muito prático?

— Sem dúvida! Abençoada Eva, mais uma que eu devo a ela!

— *Agora*, por exemplo, não temos tempo para tirar a roupa, Jack, e...

Flossie atirou-se para trás na poltrona e, no instante seguinte, eu já havia me enfiado por baixo do perfume de sua anágua e mais uma vez grudado a boca na boceta amada. Durante a deliciosa operação, imaginei ouvir um som vindo da porta de Eva, mas nesse instante Flossie prendeu as mãos atrás da minha cabeça e me apertou contra si em um ardor fora do comum, derramando a seguir toda a essência perfumada de seu ser em minha garganta.

— Ah, meu garotão, *como gozei* dessa vez! Acho mesmo que a sua língua está mais comprida do que era. Talvez o calor no ventre de Eva a tenha feito crescer! Mas escute, agora tenho de ir à costureira; volto daqui a mais ou menos uma hora. A propósito, ela quer fazer meus vestidos mais compridos. Disse que dá para ver as minhas calçolas quando eu subo as escadas correndo.

— Não permita uma coisa dessas, Floss!

— *Não mesmo!* De que adianta comprar calçolas caras como as minhas se o seu amigo não pode vê-las? Até logo, Capitão! Desculpe eu não poder ficar. Enquanto eu estiver longe você pod'dar uma olhada em coméqui a mi'amiga está. P'mera porta à direita. Bom dia para você!

Por um ou dois minutos, fiquei sentado na poltrona

pensando se eu não deveria pegar o meu chapéu e ir embora. No entanto, um instante a mais de reflexão levou-me a agir conforme as instruções de Flossie. Admito que a decisão levou em conta tanto os prazeres da noite anterior como o surgimento, naquele instante, de uma ereção surpreendente, que me influenciaram de modo considerável. Sendo assim, bati na porta do quarto onde Eva dormia.

Ela acabara de sair do banho e vestia apenas um *peignoir* e meias. Ao me ver, deixou a roupa cair e mostrou-se em toda a sua nudez radiante.

— Leia isto — disse ela, estendendo-me meia folha de papel-rascunho. — Estava no meu travesseiro quando acordei uma hora atrás.

Se Jack vier hoje pela manhã, faça-lhe companhia enquanto eu estiver fora para ver Virginie. Deixe-o fazer o que bem entender naquele seu lugar com "b" que rima com gaveta. Mais uma dose desse veneno fará bem a vocês dois. Minha hora vai chegar. Ha! Ha!

Floss

— Ah, Jack você já viu outra menina assim tão querida?

Minha resposta sequer precisa ser registrada.

Eva aproximou-se e enfiou as mãos dentro da minha calça.

— Ah! Transmissão de pensamento — disse ela, pegando meus dedos e conduzindo-os até sua boceta, que fazia biquinho de tanta fome. — Vamos então dar uma bela trepada e depois você pode ficar aqui comigo enquanto me visto, para eu lhe contar tudo o que Flossie possa ter deixado de fora sobre a vida escolar dela em Paris. De acordo?

— Totalmente — respondi.

— Muito bem. Como vamos nos limitar a uma só, você se importaria de me foder *en levrette*?[1]

— Como quiser, ó fodibilíssima senhora!

Tirei minhas roupas num piscar de olhos e Eva posicionou-se como desejava: de pé no tapete e com os cotovelos sobre a cama. Saudei com reverência os encantos que assim se apresentavam aos meus lábios, sem esquecer de nenhum e, então, pondo-me outra vez de pé, avancei, de espada em punho, para montar a brecha. Quando me aproximei, Eva abriu as coxas o quanto pôde e embebi o caralho teso naquela boceta macia, entregando-me à foda com vigor e transportes sem precedentes enquanto os lábios alternavam distensões e contrações que me apertavam com uma força extraordinária em resposta ao meu indicador direito, que apliquei sobre o clitóris, e ao esquerdo, que roçava os mamilos dos seios arquejantes. Por intenso que fosse o prazer que experimentávamos, a foda — como sói acontecer na prática matinal — teve uma duração prolongada ao extremo; vários minutos passaram-se até que eu por fim deixei os braços caírem até as coxas de Eva e, com a barriga colada ao seu traseiro e o rosto aninhado entre suas omoplatas, senti o pulsar extasiante do caralho, que descarregava uma avalanche nos recessos mais inacessíveis de seu ventre.

— Não se mexa, Jack, pelo amor de Deus! — gritou ela.

— Nem quero, Eva! Estou muito feliz aqui mesmo, obrigado.

Depois de afastar-se uns três centímetros da cama para ter mais "balanço", Eva começou a remexer o traseiro de modo incrivelmente provocante e com tanta habi-

[1] "De quatro." [N. da E.]

lidade que dava a impressão de movimentar-se *em espiral.* É difícil descrever a execução precisa do gesto, mas o traseiro deslocava-se para cima e para baixo, para frente e para trás e de um lado para o outro em rápida sucessão, de modo que o meu membro encontrava-se a cada instante em contato com alguma parte nova da boceta circundante, cujas dobras pareciam implorar, com carícias variadas e ternas, que se recuperasse do estado de apatia parcial e erguesse a crista com todo o orgulho que já exibira antes.

— Será que ele levanta assim, Jack, ou é melhor eu pôr esse homenzinho na minha boca e chupá-lo até que fique duro?

— Acho que ele se recupera assim mesmo, querida. É só você continuar apertando a boceta e chegar o traseiro um pouco mais perto para que eu possa sentir a sua pele encostar na minha... *assim!*

— Ah! Que caralho querido, veja como incha! Sei que ele vai me foder agora mesmo, não é? O dedo enfiado na minha boceta pela frente, Jack, por favor... e a outra mão nos meus mamilos. Assim! Que *bom*. Ah! Como eu queria sentir a sua língua na minha, mas não é possível. Mas agora comece fodendo devagar. O *outro* dedo no clitóris, por gentileza, e toque a siririca no mesmo ritmo em que movimenta o corpo. Agora foda um pouco mais depressa e vá mais fundo em mim. Força, querido, força! Meta como se estivesse possuído! Belisque-me o mamilo; mais rápido com o clitóris. Está vindo! Estou morrendo de prazer! Foda-me, Jack, continue fodendo. Não se assuste. Bata em meu traseiro com toda a sua força, forte, mais forte! Agora ponha as mãos nas minhas coxas e *arraste-me* até você. Que delícia! Agarre a pele das minhas coxas e me foda até a matriz.

— Eva, cuidado! Vou descarregar!

— Eu também, Jack. Ah! Como o seu cacete pulsa em minha boceta! Foda-me, Jack, foda até o último segundo, derrame tudo até a última gota, como estou fazendo. Mais uma investida até o talo... fique um pouco assim, mantenha-o lá dentro e deixe-me sentir o seu dilúvio. Que delícia! Que transporte gozarmos juntos! Espere mais *um* instante antes de tirá-lo... mais um beijo da minha boceta antes de dizer adeus!

— Nossa, Eva, esse apertão pareceu mais um punho do que uma...

— Sim — disse ela, virando-se para mim com um olhar langoroso e aveludado por conta da lascívia. — Esse é meu único talento, mas acho que é muito valioso! Em Paris eu conhecia... ah, deixe para lá; vamos falar de Flossie. Sente-se na poltrona e fume um cigarro enquanto me ouve. Vou ficar nua se você não se importa. Está muito quente. Se você está aconchegado, vou começar.

Eva sentou-se à minha frente, com o lindo corpo nu mergulhado na luz de uma janela próxima.

— Existe uma história na vida escolar de Flossie que ela não chegou a lhe contar; assim, proponho-me a narrar o incidente, que, tenho certeza, será de seu interesse. Durante o primeiro ano em Paris não ocorreu nada de especial, além da amizade que Flossie travou com Ylette Vespertin. Flossie era uma das garotas mais queridas na escola por conta de sua índole doce e extraordinária beleza; não há dúvidas de que muitas cabecinhas cacheadas estiveram por baixo de sua anágua em diferentes momentos. Todas essas cabecinhas, no entanto, pertenciam a garotas, e assim não houve grandes problemas. Por fim chegou ao convento uma certa Camille de Losgrain, que, mesmo não sendo avessa aos prazeres do minete, nutria uma forte preferência pelos encantos masculinos. Camille não tardou a se amasiar com um lindo garoto de dezessete anos que morava na casa vizinha. Esse jovem tinha visto Flossie em várias ocasiões e nutria o vivo desejo de conhecê-la. Parece que a janela do quarto onde dormia dava de frente para o quarto ocupado por Flossie, Camille e outras três garotas; todas o conheciam de vista e já haviam expressado, individualmente, o desejo de tê-lo entre as pernas. Assim, combinou-se em uma certa noite que ele escalaria um muro logo abaixo de seu quarto e as garotas o puxariam até o delas. Tudo deveria ser feito na escuridão, pois é claro que acender luzes estava além das possibilidades. O jovem chegou até o quarto em segurança; as duas garotas mais velhas despiram-no e, segundo o combinado, as cinco donzelas sentaram-se nuas à beira da cama no quarto escuro como breu para que Don Juan decidisse, passando a mão sobre os corpos, qual das cinco receberia suas atenções. Nenhuma delas poderia falar, tocá-lo ou demonstrar qualquer sinal de interesse. Por duas vezes o garoto submeteu-se aos suplícios do toque e, passado um instante de profundo silêncio, declarou: *"J'ai choisi, c'est la troisième"*. *"La troisième"* não era ninguém menos que Flossie, cujos seios avantajados, ao mesmo tempo em que atraíram o jovem, deram-lhe uma pista sobre a identidade da garota que acariciava. Jack, espero que essa história não o faça sofrer. As outras garotas aceitaram a decisão com honra, tendo sem dúvida previsto o desfecho. Puseram Flossie deitada na cama com todo o cuidado e dispensaram-lhe toda sorte de carícias, fazendo-lhe minetes cheios de ternura, a fim de abrir o caminho tanto quanto possível ao invasor. Por sorte logo se constatou que o caralho do garoto não apresentava, de forma alguma, dimensões além das normais, e, uma vez que o adorável cabacinho já fora sujeitado aos desgastes e esgarçaduras de dedos e línguas, a entrada ocorreu, conforme o relato da própria Flossie, com um mínimo de dor e desconforto, tornado quase imperceptível em meio aos beijos frenéticos sobre a boca, os olhos, os mamilos, os seios e as nádegas que as outras quatro garotas excitadas faziam chover sobre ela ao longo de toda a operação. Quanto ao garoto, seu prazer não conhecia limites, e quando o tempo estabelecido esgotou-se, foi só a muito custo que as garotas conseguiram convencê-lo a fazer o trajeto de volta até o seu próprio quarto. Quando por fim ele partiu, as quatro virgens apressaram-se em ouvir da amiga extasiada o relato completo e verdadeiro de tudo quanto havia sentido. Por muitas noites a seguir o garoto freqüentou o quarto, onde fodeu todas as outras quatro em seqüência ao mesmo tempo em que sofria a peito aberto por Flossie, que, no entanto, entendia que o jovem pertencesse a Camille e recusava qualquer avanço além do eventual serviço de sua língua, que tanto a deliciava e que ele, é claro, com igual entusiasmo punha-lhe à disposição.

Tudo ocorreu antes de nos conhecermos e foi-me relatado pela própria Flossie. Na época eu era professora de inglês no convento. Como todos os que travam conhecimento com Flossie, apaixonei-me por ela no mesmo instante em que nos vimos, e logo nos tornamos grandes amigas. Seis meses atrás a sorte pregou uma de suas peças: um velho tio solteiro faleceu de repente e deixou-me uma herança. Nesse ponto, minha ligação com Flossie tornara-se tão estreita que a garota não conseguia sequer pensar em viver longe de mim. Muito me felicitei pela oportunidade de escrever ao guardião de Flossie, cujo interesse pela protegida jamais fora mais do que passageiro, a fim de propor que ela retornasse comigo à Inglaterra, onde viveríamos juntas como uma pequena família. Depois de conferir minhas referências e saber da empolgação de Flossie diante do prospecto, o guardião concordou e em suma... estamos aqui!

— A história é bem interessante, Eva. Mas, ah... *maldito* garoto francês! Maldito muro!

— Eu já imaginava que você pudesse reagir assim, e não o culpo. Mas você deve pensar que se não fosse pelo tamanho dos seios de Flossie, e se não fosse tão escuro, e...

— Eva, você não pretende me convencer de que esse bruto não teria escolhido Flossie caso estivesse claro, pretende?

— Não, claro que não. Estou apenas dizendo que houve um golpe de sorte envolvido, e que Flossie ainda é, na prática e para todos os efeitos...

— Sei, eu sei o que você quer dizer e estou inteiramente de acordo. Eu *amo* Flossie de corpo e alma e... ah, esse garoto francês que vá para o inferno!

— Siorita Eva! Siorita Eva! — gritou uma voz do outro lado da porta.

— Sim?

— Ah, se não for incômudo, siorita, tem um jove l'ambaxo que quer assuntar com a siorita. Dis'que está co'a macaca. Eu *disce* que a siorita tia sido noivada.

— E então... o que ele disse?

— "Ah! Noivada!", ele disse. "Bom, pod'dar um recad'secreto meu pr'ela então: já está mais é qu'na hora é dela *casar!*"

Em meio às nossas sonoras gargalhadas Flossie entrou correndo a passos miúdos na sala, no melhor dos humores possíveis.

— Extra! Extra! Escândalo terrível na alta rod'da sociedade! — ela gritou. — Um cavaleiro d'scoberto nos aposent'duma siora! Escândalo! Extra! Ó o jornal! Extra! Mas afinal, o que vocês dois ficaram fazendo enquanto eu estava fora? Imaginem que vocês me contassem tudo o que fizeram e eu contasse tudo o que *eu* fiz — e então num tom melodramático: — Ah! Endescobri o segred'de vocês dois? Ó a cara dela! E ó a cara dele! Ó a cara desses dois! Só assim qu'eu me avinganço do casal!

Então, ajoelhando-se entre nós, Flossie, sempre muito elegante, introduziu um dedo com toda a delicadeza entre os lábios da boceta de Eva e, com a outra mão, tocou-me de leve uma punheta, o tempo todo fitando-nos com um brilho de amor e doçura indescritíveis no olhar.

— Seus *queridos!* — exclamou. — Como é bom ver vocês dois assim pelados!

Eu e Eva trocamos um único olhar e, depois de nos levantarmos, avançamos na direção de Flossie para cobri-la de beijos. Então Eva, com uma delicadeza infinita e muitos toques amorosos, começou a despi-la, passando-me os elegantes trajes um a um para que eu os pusesse sobre a cama. Quando os seios alvos emergiram do espartilho, Eva não pôde conter um gritinho de prazer; assim, depois de baixar a camisa rendada de Flossie até revelar os dois globos túmidos, tomou um dos mamilos róseos e eretos entre os lábios e, pondo a mão atrás de meu pescoço, deu a entender que eu fizesse o mesmo. Arrepios deliciosos corriam para cima e para baixo no corpo formoso que nossos dedos roçavam em todas as direções. As vestes restantes de Flossie logo caíram ao chão com um gesto habilidoso de Eva, e a linda garota surgiu em todo o esplendor de sua nudez. Detivemo-nos um instante para admirar aquele espetáculo de beleza. O rosto gracioso corava de amor e desejo; os olhos violeta cintilavam; os seios exuberantes e formosos ostentavam os mamilos coral, como implorassem para ser mais uma vez beijados; logo abaixo do ventre liso como cetim despontava o tufo sedoso que ensombrecia, sem ocultar, os lábios rubros da boceta adorada; as coxas polidas tinham a brancura exacerbada graças ao contraste com as meias escuras que delineavam, cheias de lascívia, as pernas bem-torneadas.

— Agora, Jack, *os dois juntos* — disse Eva de repente.

Adivinhei o que ela queria dizer e, depois de ajeitar as grandes almofadas sobre o largo divã, tomei Flossie em meus braços e a pus em cima delas, com os pés tocando o chão. Suas pernas abriram-se como que por instinto e, metendo a cabeça entre aquelas coxas, enfiei a língua na parte inferior da boceta, enquanto Eva, ajoelhada por cima de Flossie, atacava-lhe o clitóris. Nossas bocas encontravam-se sobre o ponto encantado, e nossas línguas preenchiam-lhe cada dobra e cada cantinho. A minha, devo admitir, às vezes escorregava para baixo até as regiões adjacentes e explorava o vale das delícias naquela direção. Mas, independente de onde fôssemos ou do que fizéssemos, o corpo jovem e ágil de Flossie continuava a estremecer dos pés à cabeça com o excesso de prazer, derramando tesouros ora na boca de Eva, ora na minha, e por vezes até nas duas bocas ao mesmo tempo! No entanto, por mais vivas que fossem as delícias assim experimentadas, eram todas de natureza passiva, e Flossie já era artista o suficiente para saber que o mais intenso gozo só é obtido quando se dá e se recebe na mesma medida. Assim, não me surpreendi ao ouvi-la dizer:

— Jack, chegue mais perto de mim, por favor!

Depois de sinalizar para que eu me ajoelhasse de pernas abertas junto a seu rosto, Flossie agarrou-me a vara, levou-a até os lábios e, com as mãos presas em volta do meu quadril, conduziu-me em movimentos alternados para frente e para trás, indicando que eu usasse aquela boca deliciosa à vontade como um substituto para a fenda interdita mais abaixo. O modo peculiar com que seus lábios chupavam, que já tive oportunidade de comentar, produzia uma sensação agradável, similar aos apertões de uma boceta talentosa, enquanto a língua incansável, contra a qual M. Jacques esfregava-se cheio de luxúria ao passar dos lábios à garganta, acrescentava ainda mais prazer a essa lascívia que não se desfruta jamais em um coito ortodoxo. Nesse ínterim Eva tomara o meu lugar entre as coxas de Flossie e fazia o minete sobre a boceta amada com incrível ardor. Um espelho inclinado na parede permitia-me examinar o espetáculo encantador a meu bel-prazer e observar os espasmos de deleite que, de tempo em tempo, faziam estremecer os dois lindos corpos nus abaixo de mim. Enfim chegou a minha vez, e Flossie, alerta como sempre aos sinais da crise iminente, agarrou meu traseiro com dedos fortes e apertou-me de encontro ao seu rosto enquanto eu inundava-lhe a boca com os jorros de amor que ela tanto adorava. Ao mesmo tempo, o espelho mostrava-me que os lábios de Eva avançavam fundo na vulva da pequena a fim de colher o fruto de seu esforço lúbrico, cuja passagem da boceta para a boca fez-se acompanhar por sinais de prazer arrebatador para as duas garotas.

Todos precisávamos descansar e repor as energias após as travessuras matinais, e assim nos separamos depois que Flossie anunciou em tom de mistério uma surpresa "extra-especial" para o dia seguinte.

FESTIVIDADES DE ANIVERSÁRIO

NA MANHÃ seguinte, ao acordar, encontrei um bilhete de Flossie pedindo que eu me dirigisse ao apartamento assim que possível.

Saí às pressas e fui recebido por Flossie, em um humor esplêndido. Conforme eu soube naquele instante, era aniversário de Eva, e, para celebrar a ocasião, Flossie vestira o traje que usaria para vender flores em um bazar elegante dali a alguns dias. O traje consistia em uma boina com uma pena em riste — uma camisa da seda branca mais fina e mais diáfana, que se abria na garganta em uma ampla gola de marinheiro — uma larga faixa amarela na cintura, uma sainha curta de musselina, meias de seda amarela e sapatos marrons de salto. No decote da camisa, um ramalhete de rosas cor de fogo aninhavam-se entre os seios voluptuosos, que tinham as silhuetas muito destacadas pelo tecido aderente. Enquanto Flossie aguardava meu veredicto, seus lábios cereja entreabriram-se, o rosto tomou-se de um leve rubor e o amor e o riso brilharam em seu olhar radiante; a magia da juventude parecia tecer um novo feitiço em torno do meu coração, e uma torrente de palavras apaixonadas irrompeu dos meus lábios quando tomei aquele corpinho ágil em meus braços e cobri de beijos os cabelos, os olhos, as faces e a boca.

Flossie tomou a minha mão na sua e conduziu-me até sua poltrona favorita; lá, depois de sentar-se em meu colo, aninhou o rosto no meu e disse:

— Ah, Jack, Jack, meu querido, como você consegue me amar assim?

A doce voz estava embargada, e vi uma ou duas lágrimas caírem suaves dos olhos violeta enquanto um braço enlaçou-me o pescoço e os lábios rubros deram-me um longo e embriagante beijo na boca.

Ficamos sentados assim por um tempo, até que Flossie pulou do meu colo e disse:

— Estamos nos esquecendo de Eva. Venha até o quarto dela ver o que eu preparei!

Entramos de mãos dadas e encontramos Eva ainda dormindo. Nas cadeiras havia roupas muito elegantes, para as quais Flossie chamou-me a atenção. Na gola da camisa e no decote do espartilho, nos babados das calçolas e na barra da anágua, Flossie havia costurado uma estreita carreira de minúsculos botões de rosas brancas e rosicler para surpreender a amiga em seu aniversário. Eu ri em silêncio e beijei-lhe os dedos para demonstrar minha aprovação a essa idéia encantadora.

— Agora vamos preparar a surpresa de Eva — ela cochichou no meu ouvido. — Vá até aquele canto e tire a roupa no maior silêncio possível. Eu vou ajudar você.

A "ajuda" de Flossie consistia no uso de uma miscelânea de artimanhas destinadas a provocar-me uma ereção. Como essas artimanhas incluíam a punheta vagarosa que ela dominava com maestria, assim como a aplicação de seus lábios róseos e da língua incansável sobre todas as partes do meu caralho, o resultado não tardou a aparecer.

— Agora, Jack, você vai possuir Eva enquanto eu fico olhando. Um dia a minha hora vai chegar, e quero ver como você proporciona a ela o maior prazer possível. Venha até aqui, vamos acordá-la juntos.

Passamos ao outro lado da cama e paramos em frente a Eva, que seguia dormindo.

— Ahem! — fez Flossie.

A garota adormecida rolou na cama, cheia de langor. Os olhos entreabriram-se e focaram a figura de Flossie, de pé logo atrás de mim em seu vestido floral com a mão esticada, tocando uma punheta vigorosa sobre minha verga ereta, enquanto os dedos da outra mão deslizavam em carícias suaves por cima e por baixo das bolas contíguas.

Eva deu um sobressalto, atirou para longe a camisola e gritou para Flossie:

— *Agüente mais um pouco!*

Depois do que se ajoelhou, encheu a boca com meu caralho e enfiou a mão por baixo da anágua de Flossie. A garota, obedecendo ao apelo de Eva, continuou a deliciosa punheta por trás, enquanto Eva pôs-se a chupar furiosamente a chapeleta e, passando a mão livre em volta do meu traseiro, propiciou-me um novo e delicioso prazer ao inserir um dedo todo delicado no orifício assim posto a seu alcance. Logo Flossie aproximou-se ainda mais de mim e pude sentir os seios túmidos por debaixo da fina seda apertados contra as minhas costas nuas, enquanto sua mão acelerava o ritmo enlouquecedor imposto ao meu caralho e a língua de Eva seguia seu caminho encantado com ardor crescente e inúmeras convoluções lúbricas. Ao sentir-me prestes a descarregar, Flossie deslizou a mão um pouco mais para trás em direção ao talo para franquear espaço e possibilitar a Eva que me abocanhasse quase a vara inteira — uma deixa que a amiga não tardou a aproveitar, pois, ato contínuo, seus lábios avançaram até os dedos de Flossie e eu, com as mãos atrás do pescoço de minha linda brocheira, derramei toda a minha alma em sua garganta ávida e disposta.

Durante o intervalo que se seguiu, dei a Eva os meus parabéns e desculpei-me por não ter sabido do aniversário no dia anterior, pois nesse caso eu lhe haveria trazido alguma lembrança humilde pela ocasião. Eva logo me afiançou que nada no mundo fora mais bem-vindo do que o presente que eu acabara de lhe dar!

Foi só então que a aniversariante percebeu os enfeites nas roupas de baixo, que Flossie exibia em meio a inúmeros gracejos espirituosos e tiradas inusitadas. A idéia foi muitíssimo apreciada e aguardávamos ansiosos o momento em que Eva vestisse os trajes floridos. Quando se aprontou, Eva sugeriu um cancã, e nós três dançamos um *pas de trois* vigoroso até que o fôlego nos abandonasse. Enquanto deixamo-nos cair em posturas espontâneas de cansaço a campainha soou, e Flossie, que era a única de nós em condições apresentáveis, saiu para atender. Logo ela voltou com um enorme cesto repleto de violetas. Ao perceber nossa surpresa diante dessa extravagância, Flossie fez, em notas graves, o seguinte discurso:

— Ainda que, no momento, eu não seja capaz de entrar em minúcias, posso afirmar com plena convicção que, em épocas das quais estamos separados por cerca de apenas vinte séculos, era comum que as damas e os cavalheiros de então se encontrassem para discutir o assunto que bem lhes aprouvesse sem o fardo das roupas sobre o corpo. A ausência de *arrière-pensée*[1] demonstrada por essa prática louvável bem poderia levar os fúteis a concluir que as discussões não logravam nenhum resultado prático. Nada poderia estar mais distante da verdade. As conversas ocorriam sempre em um Canteiro de Violetas (é o que nos dizem os antigos escritores) e, a certa altura do procedimento, a dama deixar-se-ia cair sobre a

[1] "Segundas intenções." [N. da E.]

terra com as pernas abertas no ângulo então equivalente a quarenta e cinco graus. Então o cavalheiro tomaria na mão direita (ou destra) o instrumento que o espírito do vernáculo moderno ensinou-nos a chamar de seu caralho. Este, auxiliado com alegria pela dama, o cavalheiro introduziria no que o mesmo furor expressivo encontrável em nossos dias impede-nos de chamar por outro nome que não o de sua boceta. À minha esquerda temos a típica dama moderna; à minha direita, o cavalheiro. No meio, temos o substituto mais semelhante a um canteiro de violetas. Ah! Enfim vocês me entendem! Agora vou espalhar as flores sobre a cama e, quando eu estiver pronta, você, Eva, vai me fazer a gentileza de pôr esse traseiro branco como a neve bem no meio, abrir as pernas e receber o sr. Jack entre elas na postura adequada.

Enquanto a oradora Flossie surpreendia-nos com o discurso, aos poucos foi tirando a roupa até ficar nua em pêlo. Nós dois observávamos seus movimentos em admiração silenciosa enquanto ela cobria toda a extensão da cama com as flores cheirosas, que logo encheram o quarto com um perfume delicioso. Quando tudo estava pronto, Flossie pediu a Eva que se deitasse na cama, e então lhe sussurrou ao ouvido:

— Imagine que você é Dânae. Pense no enorme caralho de Júpiter! Veja só! — e a seguir ainda mais baixo, mas num tom ainda audível: — Você vai ser fodida, Eva, querida, fodida com vontade! E eu vou assistir a *tudo* — *que delícia!*

A camisa e as calçolas ataviadas com rosas foram mais uma vez postas de lado, e a heroína do dia deitou-se cheia de volúpia sobre as flores amontoadas, que exalaram uma nuvem de fragrância em resposta ao peso de seu corpo nu.

— Ah, que ótima idéia! — exclamou Flossie. — Eva, se você puder ficar *atravessada* na cama, com as pernas para baixo, e se Jack não se importar de fazer o trabalho dele em pé, acho que eu posso ajudar vocês dois.

A mudança operou-se depressa; puseram-se dois travesseiros sob a cabeça de Eva, e Flossie, ajoelhada sobre o seu rosto, ofereceu a boceta ao minete da amiga, que de imediato alojou a língua lasciva em seu devido lugar no interior da vulva. Flossie retribuiu a saudação por um breve instante e a seguir, com o queixo apoiado num ponto logo acima do clitóris de Eva, instou-me a "começar". Fiquei a postos e estava na iminência a montar a brecha quando Flossie declarou que tamanha proximidade à minha verga era demais para si e implorou para fazer-me um broche momentâneo.

— Afinal, vou ser boazinha e ficarei apenas *olhando* — ela disse a Eva.

Desnecessário dizer, não fiz objeção alguma. O resultado, freqüente após a intervenção de Flossie, foi uma escalada geral no prazer de todos os participantes, inclusive no de Eva, pois a sucção divina dos lábios rubros e da língua lúbrica de Flossie resultava em um sensível enrijecimento e expansão do membro assim excitado.

Após levar a cabo o delicioso ofício, a garota quis se afastar, mas houve protestos de Eva, que enlaçou com os braços as coxas de Flossie e sujeitou sua boceta a um contato ainda mais estreito com a boca que lhe acariciava.

De minha posição exaltada eu presenciava todos os detalhes da cena, que muito exacerbaram as sensações que comecei a experimentar quando Flossie, manipulando a minha verga com invejável destreza, deu-me um último beijo sobre a chapeleta e então conduziu o membro a seu alvo impaciente. Com os olhos radiantes de curiosidade e prazer, Flossie observou-o enquanto desaparecia em meio aos lábios encarnados cujos movimentos ela acompanhava de perto. Foi nessas condições que me encontrei fodendo Eva com vigor e penetração fora do comum, enquanto minha companheira, de sua parte, retribuía as investidas com golpes poderosos de seu traseiro e agradabilíssimas contrações de sua boceta sobre o meu caralho.

Flossie, ao testemunhar a cena com um olhar ávido, tomou-se de excitação, abandonou por fim a postura em que estava, de joelhos em cima da cama, e, aproveitando-se de um de meus movimentos *para fora*, esgueirou-se entre nós dois, deslizou a ponta da língua por baixo do clitóris de Eva e insistiu em que eu encerrasse o número com o acréscimo desta encantadora provocação. O efeito que se operou em mim e em Eva foi eletrizante, e, uma vez que o clitóris dela e o meu caralho recebiam o contato da língua de Flossie em igual medida, não tardamos em precipitar o divertimento ao seu prazeroso desfecho.

A atração seguinte no programa de aniversário foi a exibição de meia dúzia de excelentes desenhos em bico-de-pena — o presente de Flossie a Eva — em que nós três aparecíamos ocupados em atividades pouco propícias a ilustrar as páginas do *Young Ladies Journal*. A seguir iniciou-se um debate a fim de averiguar se Flossie não houvera sido um tanto generosa com as dimensões longitudinais do membro deste que vos escreve. A garota alegou que as proporções estavam "de acordo com *Cocker*" — sem dúvida a maior autoridade na questão, segundo afirmou.

— Enfim, eu vou tirar as medidas e você vai ver que eu estou certa! No desenho, o comprimento do cacete de Jack é exatamente um terço da distância entre o queixo e o umbigo. Aqui, medindo o original — ah! Evie, *o que você fez com ele*?

De fato, o objeto discutido sentira os efeitos do recente esforço e adotara uma posição de repouso.

Eva, que acompanhava o procedimento com ares de quem muito se divertia, gritou:

— Ponha-o entre os seios, Flossie; logo você notará a diferença!

O mero prospecto dessa acomodação bastou para conferir um certo vigor a Monsieur Jacques, que foi logo introduzido no vale entre os adoráveis seios de Flossie e, extasiado pelo toque da pele suave que o rodeava, começou de imediato a adquirir proporções mais satisfatórias.

— Mas ele ainda não está no tamanho máximo — disse Flossie. — Venha me ajudar, Evie, querida; fique atrás de Jack e toque-lhe uma punheta enquanto eu o chupo pela frente. *Assim* poderemos deixá-lo em ponto de bala! Quando eu o sentir grande e duro o bastante na minha boca, vou tomar suas medidas.

O plano de Flossie obteve sucesso absoluto e imediato, e, após as medições, ficaram comprovadas as proporções exatas de cinqüenta e quatro para dezoito centímetros, respectivamente, enquanto no desenho eram de nove para três. Flossie executou uma dança de guerra ensandecida para celebrar o triunfo de sua exatidão, encerrando-a com um pedido para que eu a carregasse nas costas pelo apartamento. O deleite que a garota sentia com o passeio era ilimitado, como, aliás, também era o meu, visto que, além do prazer que eu sentia mediante o contato estreito com seu corpo encantador, Flossie administrava-me uma deliciosa fricção ao membro com suas panturrilhas nuas.

Quando retornamos ao quarto, Eva estava sentada à beira do divã.

— Traga-a até aqui — exclamou.

Logo adivinhei o que ela desejava e, conduzindo meu precioso fardo ao lado oposto do quarto, virei-me de costas para Eva. No espelho inclinado à esquerda, pude ver seu rosto desaparecer entre as nádegas alvas e arredondadas, enquanto a mão direita alcançou-me pela frente a vara, agraciada com uma punheta de incomparável ternura e habilidade. Flossie acompanhava a operação por cima do meu ombro com notável interesse ao mesmo tempo em que se agarrava a mim com pernas e braços e esfregava-se no meu lombo com delicados movimentos ondulantes, igual a uma gatinha amorosa, com os lábios entreabertos da boceta a beijarem-me as costas e demonstrando, através de cada movimento seu, as delícias que sentia com a atenção dispensada por Eva ao nicho contíguo.

As emoções logo ameaçaram fugir-me ao controle, e tive de implorar a Eva que removesse a mão, quando Flossie, ao perceber o meu estado, saltou de seu poleiro e, enterrando meu caralho em sua doce boca, chupou-me e acariciou-me com transportes de desejo tão intensos que logo sorveu a última gota que eu tinha a lhe oferecer.

Sobreveio um breve período de repouso após esta última ebulição, mas Flossie estava demasiado irrequieta para manter-se calma por muito tempo.

— Eva — gritou de repente —, acho que eu já estou tão alta quanto você, e tenho *quase certeza* de que os meus seios também têm o mesmo tamanho dos seus. Vou medir para ver!

Depois de comprovar que Eva era apenas dois centímetros e meio mais alta, Flossie prosseguiu a uma medição minuciosa e científica dos seios. Primeiro foi medida a circunferência, depois o diâmetro *por cima* dos mamilos, logo o diâmetro sem os mamilos, a distância dos mamilos aos limites inferiores e superiores do hemisfério e assim por diante. Nenhum sábio, por mais encarquilhado e metódico que fosse, ao arriscar seu renome em uma medição perfeitamente exata da superfície terrestre, teria consumado a tarefa com uma solenidade mais inefável do que essa criança travessa que, percebia-se, em segredo transbordava de alegria com a idéia inusitada.

O resultado foi o que Flossie chamou de uma "vitória moral" de sua parte, uma vez que três centímetros e dois milímetros quadrados eram toda a vantagem que Eva poderia alegar.

— Tem uma *outra* medida que eu gostaria de ver — acrescentou Eva. — Afinal, mesmo tendo dez anos *de plus* e uma boceta que não ignora as alegrias da foda, acho que Flossie poderia me ganhar *nessa* prova, e eu gostaria que ela me superasse em algum quesito!

—*Que idéia adorável!* — exclamou Flossie. — Mas Jack deve ser o juiz. Aqui está a fita, Jack: ao trabalho. Agora, Evie, deite-se ao meu lado na beira da cama, abra as pernas e jure que você vai acatar o veredicto!

Passados alguns minutos, durante os quais me atrapalhei com a fita e a inspeção atenta das partes contenciosas, sentei-me à mesa e escrevi o que se segue, que então pendurei na cortina.

Letchford vs. Eversley
Mesdames,

Consoante vossas instruções, no dia de hoje procedi a uma avaliação do patrimônio pessoal das partes supracitadas e tenho, agora, a honra de submeter à vossa apreciação o relatório, o esquema e as medidas que seguem.

Conforme o esquema demonstra, a boceta de Miss Letchford mede exatos 7,75 centímetros da borda inferior do clitóris à base da vulva. A boceta de Miss Eversley, usando-se o mesmo critério de medição, soma 9,2 centímetros.

Cumpre-me acrescentar que os patrimônios pareceram-me de todo desejáveis em ambos os casos, e proveriam acomodação igualmente prazerosa a um inquilino bom, reto e bem-disposto em qualquer estação do ano.

Ambos contam com um pequeno e denso bosque próximo e uma fazenda de laticínios mui conveniente nos arredores.

Em relação à propriedade da srta. Eversley, chegou a meu conhecimento que ainda se encontra desocupada, mas, tendo em vista seu tamanho e beleza, além dos inegáveis charmes do cenário ao redor, não tenho dúvidas de que um inquilino fixo e plenamente satisfatório (conforme descrito acima) será encontrado muito em breve. Minha opinião favorável a respeito desta propriedade como local de residência pode, na verdade, inferir-se da minha predisposição a fazer-lhe eu mesmo uma oferta pessoal.

Cordialmente,
J. Archer

Enquanto as duas garotas liam meu ultimato com as mãos atrás das costas, Flossie ria à solta, mas percebi que Eva mantinha-se grave e pensativa.

Será que eu a aborrecera com algum comentário? A chance parecia-me remota, mas, enquanto eu contemplava a possibilidade, quase decidido a resolvê-la com um questionamento direto, Eva pegou a minha mão e a de Flossie, conduziu-nos até o sofá e, sentando-se entre nós dois, disse:

— Escutem-me, vocês dois! Flossie, você é minha querida, minha amiga mais adorada. Você, Jack, é o amante de Flossie, e assim me instila uma grande afeição, tanto pelo que você representa para ela quanto por si próprio. Vocês dois sabem disso. Ah, a verdade é que eu não tenho coragem de manter vocês dois separados por mais tempo. Flossie, querida, a partir de agora você está dispensada da promessa que me fez. Jack, você resistiu com bravura exemplar. Volte aqui amanhã na hora de sempre e acho que poderemos chegar a um acordo quanto ao "*inquilino para a propriedade da srta. Eversley*".

Uma vez que este não é um romance sentimental, a descrição do que ocorreu a seguir seria fora de propósito. Bastará dizer que, após um grito insuprimível, repleto de júbilo e gratidão por parte de Flossie, a conversa enveredou por um caminho sóbrio e sério, e logo a seguir separamo-nos.

O INQUILINO TOMA POSSE

O CORREIO da manhã seguinte trouxe-me cartas de Eva e de Flossie.

Meu querido Jack,

Amanhã será um dia especial para vocês dois! Quero que aproveitem o máximo possível. Assim, não permita que escrúpulos ou remorsos atrapalhem o seu prazer. Flossie, no que diz respeito à maturidade física, é uma mulher crescida. Como tal, ela sonha em ser fodida pelo homem que ama. Portanto, foda-a com toda a habilidade e a determinação que você demonstrou ao foder-me, e, se possível, supere-as. Flossie não pensa e não fala em mais nada. Chegue amanhã cedo e traga junto o seu admirável caralho, o mais rijo e o mais disposto possível!

Atenciosamente,
Eva

Flossie escreveu:

Não consigo pregar o olho pensando no que vai me acontecer amanhã. Penso o tempo todo em como agradar você quando a hora chegar. Estou treinando os "apertões" de Eva. Sinto que eu poderia fazer aquilo, mas apertar o nada não vale como treino, não é mesmo, Jack? Meu amado, imagino-me beijando o seu caralho. Amanhã vou beijá-lo de fato, pois aviso desde já que nada me fará abrir mão disso, e que nem mesmo os dezoito centímetros que ardo por ter em minha boceta jamais me convencerão a abandonar o prazer de sua língua a se enroscar entre os meus lábios enquanto dispensa-me atenções corteses ao clitóris! Mas você poderá desfrutar-me como quiser amanhã e todos os dias a partir de então. No futuro serei...

Sua de corpo e alma,
Flossie

Quando cheguei ao apartamento percebi que Flossie estava vestida tal como eu a vira em nosso primeiro encontro. O lindo rostinho adquirira uma expressão grave, como se para mostrar-me que ela não se esquecera da importância da ocasião. Não posso negar que, de minha parte, fiquei profundamente comovido.

Sentamo-nos lado a lado, mal trocando uma palavra. Então Flossie quebrou o silêncio:

— Quando você estiver pronto, Jack, irei ao quarto despir-me.

A ingenuidade do comentário serviu para quebrar o gelo, e assim pus-me a beijá-la, tomado por um profundo arrebatamento.

— Vamos fazer... sem *nenhuma* roupa, Jack?

— Sim, querida, se você não se importar.

— Tudo bem. Vou chamar você quando eu estiver pronta.

Cinco minutos depois ouvi o chamado de boas-vindas.

No momento em que adentrei o quarto, todo o pudor sumiu de repente! Flossie atirou-se em meus braços num ímpeto de desejo, prostrou-me à força na cama e, deitada em cima de mim com o rosto colado ao meu, disse:

— Como eu era uma garota e não uma mulher, Jack, você nunca me fodeu. Agora você vai me foder e vou me tornar mulher. Mas antes quero ser uma garota por mais alguns instantes. Quero sentir o seu caralho adorado na minha boca outra vez; quero que você beije a minha boceta com as mesmas delícias de sempre; quero enlaçar o seu corpo nu em meus braços; e ter você perto do meu rosto, enquanto passo a língua ao redor do seu caralho até você descarregar. Permita-me fazer tudo isso, Jack, e então você há de me foder até que os céus desabem.

Sem me dar tempo para responder a esse breve discurso arrebatado, Flossie estava a postos para a dupla chupada que tanto desejava. Abrindo as pernas o máximo que podia em ambos os lados do meu rosto, ela baixou o corpo com toda a delicadeza até que sua boceta tocasse a minha boca ávida. Ao mesmo tempo, senti meu caralho ser envolvido e mergulhar fundo em sua boca, que no mesmo instante começou a deliciosa sucção que eu conhecia tão bem. Respondi enfiando minha língua até a base nas profundezas róseas daquela boceta perfumada, que eu chupava com entusiasmo e gosto crescentes, recolhendo novos tesouros ocultos a cada três ou quatro golpes de língua. Faltam-me palavras para descrever o vigor sem precedentes do ataque implacável sobre o meu caralho teso, que Flossie beijava, chupava, lambia e acariciava com um abandono *tão intenso*, e ao mesmo tempo com tanta habilidade e conhecimento da sublime arte do broche, que o fim precipitou-se com rapidez incomum, e as vagas do amor quebraram uma atrás da outra em êxtase no coral daquela linda boca. Os lábios mantiveram-me preso por mais um ou dois minutos e então, abandonando seu posto, Flossie deitou-se ao meu lado, aninhou o corpo nu de encontro ao meu e, enquanto esfregava-me a base do caralho, disse:

— Agora, Jack, querido, vou lhe falar a respeito das

diferentes formas de foder, porque é claro que você vai querer me foder, e eu vou querer ser fodida, em todas as posições imagináveis e em todas as partes do meu corpo onde uma moça respeitável *possa pedir* que a fodam.

A conversa preencheu de modo agradável o tempo necessário para que os toques delicados e constantes que Flossie ministrava ao meu caralho fizessem com que erguesse a cabeça a uma altura considerável e ostentasse uma dureza e uma rigidez que prenunciavam o êxito do encontro iminente.

— Céus! — exclamou ela. — Você acha que tenho espaço em mim para tudo isso, Jack?

— Espaço de sobra, querida — respondi.

— *De sobra*? Ah, o que *mais* você vai pôr em mim?

— Este é o único artigo que tenho a oferecer no momento, Floss. Eu quis dizer apenas que, quando Monsieur Jacques estiver com a cabeça enterrada nessa maciez deliciosa aqui (*tocando-lhe o ventre*), é provável que bata seu próprio recorde de comprimento e rigidez.

— Jack, quer dizer que ele vai ficar ainda maior do que quando você estava com Eva? — perguntou Flossie com uma piscadela travessa.

— Sem dúvida — foi a minha resposta. — Foder uma garota linda como Eva é sempre uma satisfação imensa, mas foder uma Vênus de quinze anos, que além de ser a encarnação mais pura da beleza é também a sua amada... não há prazer que se compare!

— E quando essa garota de quinze anos está morrendo de vontade de ser fodida por seu amante, como eu agora estou, acho muito provável que ela consiga dar muito prazer a ele, além de sentir ela própria um gozo absolutamente divino. Mas eu já não agüento mais. "Primeira posição", por favor, Jack. Agora! Ponha o seu caralho na minha mão para que eu guie seus passos errantes.

— Ele já está batendo à porta, Flossie; posso entrar?

— Pode. Vá colocando devagar e foda-me com ternura agora no início, para que eu aos poucos veja o quanto vai doer. Mais um pouquinho, Jack. Ah, mais da metade já entrou! Agora fique parado e eu vou puxar você para dentro.

— Ah, Floss, querida, que apertões deliciosos!

— Você consegue sentir, Jack? Que delícia! Foda-me um pouco mais, Jack, e entre mais fundo... assim! Agora mais rápido, mais forte. Que prazer glorioso!

— Não está doendo, querida?

— Nem um pouco. Mais um empurrão com vontade e vai entrar até o cabo, não é mesmo? Eva disse para eu pôr as pernas por cima dos seus ombros. É assim?

— Assim mesmo... e, se você de fato não está sentindo nenhuma dor, Floss, vou começar a meter com vontade.

— É para isso que estou aqui, senhor! — respondeu ela com seu eterno jeito divertido, mesmo nesta ocasião suprema.

— Então lá vai! — respondi.

Vendo que não havia nada a temer, Flossie abandonou-se com gosto aos prazeres daquele momento. Com os braços a enlaçar o meu pescoço e as pernas a cingir-me as nádegas, gritou para que eu a fodesse com toda a força.

— Meta esse cacete em mim sem parar, Jack! Quero sentir sua barriga contra a minha. Está sentindo os apertões da minha boceta? Ah! Como fode! Como você me fode, fo... o... ode!

Os olhinhos celestiais voltaram-se aos céus, a respiração ficou ofegante e os dedos agarraram-se, febris, ao meu corpo. Por fim, com um gemido, Flossie deslizou a língua para dentro da minha boca e, com movimentos convulsivos e ondulantes de seu corpo, deixou todas as enchentes de seu ser juntarem-se à torrente que, extasiado, jorrei dentro de sua boceta ardente.

O júbilo incontido de nosso primeiro coito foi seguido por uma reação serena, e, com um profundo suspiro de contentamento, Flossie adormeceu nos meus braços, enquanto a minha pica seguia enterrada em seu abrigo natural. Meus próprios olhos não tardaram a fechar e, por uma hora ou mais, buscamos em um sono abençoado as forças necessárias para renovar nossos transportes de prazer.

Flossie foi a primeira a acordar, despertada sem dúvida pela sensação nova do caralho que intumescia em seu ventre. Acordei e descobri seus olhos adorados a fitarem-me o rosto, os braços nus a me enlaçarem o pescoço e a boceta a envolver-me a verga em um abraço macio e persistente.

Seu traseiro fez um leve movimento e, aceitando esse convite tácito, virei minha amada de barriga para cima, deitei-me cheio de luxúria entre as coxas que se abriam ao máximo e mais uma vez mergulhei fundo em sua boceta, fodendo-a com investidas lentas e demoradas, que apontavam para cima a fim de lhe proporcionar o maior contato possível com o clitóris.

Esse movimento, em particular, propiciou-lhe visível prazer, e os golpes de seu traseiro em minha direção ganhavam em vigor e precisão à medida que nos deliciávamos com os esforços mútuos empreendidos a fim de aumentar o gozo deste encontro. Em meio a suspiros e arquejos e gemidinhos de prazer, Flossie puxou-me de encontro aos seios nus e, enroscando as pernas com força em volta das minhas, gritou que estava a gozar e implorou que eu a deixasse sentir a minha emissão misturar-se à sua. Agarrando-lhe as nádegas e forçando toda a minha língua para dentro de sua boca, logrei obter a descarga simultânea que a minha amada desejava, e mais uma vez prostrei-me sobre o seu corpo no êxtase silencioso de uma paixão consumada.

Qualquer leitor que tenha tido a bem-aventurança de foder a garota de seu coração há de convir que a lassitude advinda de encontros dessa natureza é muito mais intensa e muito mais duradoura do que a mera exaustão resultante de uma cópula vulgar "onde amor não há".

Ciente do fato, decidi não exigir mais das forças de minha pequena e adorada Flossie, e assim lhe disse.

— Mas Jack — protestou ela, à beira das lágrimas —, nós só fizemos de *um* jeito, e Eva disse que existem pelo menos seis! Ah, e eu *amei!*

— Eu também, minha querida. Mas acima de tudo eu amo *você*, e não vou exigir de você nem dessa sua bocetinha aveludada mais do que possa lhes fazer bem.

— Ah, que amor! Acho que você tem razão, Jack.

— Claro que tenho, querida. Amanhã eu voltarei para fodê-la mais uma vez, e depois de amanhã também, e no dia seguinte, e por muitos e muitos dias a seguir. Sem dúvida vamos experimentar as seis posições de Eva muito antes do que você imagina!

Nesse instante Eva entrou no quarto.

— Bem, Flossie...? — ela disse.

— Pergunte para o Jack! — a garota respondeu.

— Bem, Jack, então...?

— Pergunte a Flossie! — respondi, antes de sair correndo quarto afora.

As aventuras que narrei com muitas imperfeições nas

páginas anteriores foram repletas de interesse para mim e, segundo creio, também muito deleitosas para as atrizes que me acompanharam nas cenas representadas.

Não segue, em absoluto, a conclusão de que elas devam ter um efeito correspondente junto ao público leitor que, em minhas descrições de Floss e de seu jeito, pode ver apenas uma tentativa insossa de afirmar os encantos daquela que, a mim, parece ser uma figura sem igual. Se porventura vier a comprovar-se o oposto, gostaria de dar continuidade a esse trabalho de verdadeiro amor narrando outras aventuras de Eva, Floss e de

Seu humilde criado,
Jack Archer

COLEÇÃO DE BOLSO HEDRA

1. *Iracema*, Alencar
2. *Don Juan*, Molière
3. *Contos indianos*, Mallarmé
4. *Auto da barca do Inferno*, Gil Vicente
5. *Poemas completos de Alberto Caeiro*, Pessoa
6. *Triunfos*, Petrarca
7. *A cidade e as serras*, Eça
8. *O retrato de Dorian Gray*, Wilde
9. *A história trágica do Doutor Fausto*, Marlowe
10. *Os sofrimentos do jovem Werther*, Goethe
11. *Dos novos sistemas na arte*, Maliévitch
12. *Mensagem*, Pessoa
13. *Metamorfoses*, Ovídio
14. *Micromegas e outros contos*, Voltaire
15. *O sobrinho de Rameau*, Diderot
16. *Carta sobre a tolerância*, Locke
17. *Discursos ímpios*, Sade
18. *O príncipe*, Maquiavel
19. *Dao De Jing*, Laozi
20. *O fim do ciúme e outros contos*, Proust
21. *Pequenos poemas em prosa*, Baudelaire
22. *Fé e saber*, Hegel
23. *Joana d'Arc*, Michelet
24. *Livro dos mandamentos: 248 preceitos positivos*, Maimônides
25. *O indivíduo, a sociedade e o Estado, e outros ensaios*, Emma Goldman
26. *Eu acuso!*, Zola — *O processo do capitão Dreyfus*, Rui Barbosa
27. *Apologia de Galileu*, Campanella
28. *Sobre verdade e mentira*, Nietzsche
29. *O princípio anarquista e outros ensaios*, Kropotkin
30. *Os sovietes traídos pelos bolcheviques*, Rocker
31. *Poemas*, Byron
32. *Sonetos*, Shakespeare
33. *A vida é sonho*, Calderón
34. *Escritos revolucionários*, Malatesta
35. *Sagas*, Strindberg
36. *O mundo ou tratado da luz*, Descartes
37. *O Ateneu*, Raul Pompeia
38. *Fábula de Polifemo e Galateia e outros poemas*, Góngora
39. *A vênus das peles*, Sacher-Masoch
40. *Escritos sobre arte*, Baudelaire
41. *Cântico dos cânticos*, [Salomão]
42. *Americanismo e fordismo*, Gramsci
43. *O princípio do Estado e outros ensaios*, Bakunin
44. *O gato preto e outros contos*, Poe
45. *História da província Santa Cruz*, Gandavo
46. *Balada dos enforcados e outros poemas*, Villon
47. *Sátiras, fábulas, aforismos e profecias*, Da Vinci
48. *O cego e outros contos*, D.H. Lawrence

49. *Rashômon e outros contos*, Akutagawa
50. *História da anarquia (vol. 1)*, Max Nettlau
51. *Imitação de Cristo*, Tomás de Kempis
52. *O casamento do Céu e do Inferno*, Blake
53. *Cartas a favor da escravidão*, Alencar
54. *Utopia Brasil*, Darcy Ribeiro
55. *Flossie, a Vênus de quinze anos*, [Swinburne]
56. *Teleny, ou o reverso da medalha*, [Wilde et al.]
57. *A filosofia na era trágica dos gregos*, Nietzsche
58. *No coração das trevas*, Conrad
59. *Viagem sentimental*, Sterne
60. *Arcana Cœlestia* e *Apocalipsis revelata*, Swedenborg
61. *Saga dos Volsungos*, Anônimo do séc. XIII
62. *Um anarquista e outros contos*, Conrad
63. *A monadologia e outros textos*, Leibniz
64. *Cultura estética e liberdade*, Schiller
65. *A pele do lobo e outras peças*, Artur Azevedo
66. *Poesia basca: das origens à Guerra Civil*
67. *Poesia catalã: das origens à Guerra Civil*
68. *Poesia espanhola: das origens à Guerra Civil*
69. *Poesia galega: das origens à Guerra Civil*
70. *O chamado de Cthulhu e outros contos*, H.P. Lovecraft
71. *O pequeno Zacarias, chamado Cinábrio*, E.T.A. Hoffmann
72. *Tratados da terra e gente do Brasil*, Fernão Cardim
73. *Entre camponeses*, Malatesta
74. *O Rabi de Bacherach*, Heine
75. *Bom Crioulo*, Adolfo Caminha
76. *Um gato indiscreto e outros contos*, Saki
77. *Viagem em volta do meu quarto*, Xavier de Maistre
78. *Hawthorne e seus musgos*, Melville
79. *A metamorfose*, Kafka
80. *Ode ao Vento Oeste e outros poemas*, Shelley
81. *Oração aos moços*, Rui Barbosa
82. *Feitiço de amor e outros contos*, Ludwig Tieck
83. *O corno de si próprio e outros contos*, Sade
84. *Investigação sobre o entendimento humano*, Hume
85. *Sobre os sonhos e outros diálogos*, Borges — Osvaldo Ferrari
86. *Sobre a filosofia e outros diálogos*, Borges — Osvaldo Ferrari
87. *Sobre a amizade e outros diálogos*, Borges — Osvaldo Ferrari
88. *A voz dos botequins e outros poemas*, Verlaine
89. *Gente de Hemsö*, Strindberg
90. *Senhorita Júlia e outras peças*, Strindberg
91. *Correspondência*, Goethe — Schiller
92. *Índice das coisas mais notáveis*, Vieira
93. *Tratado descritivo do Brasil em 1587*, Gabriel Soares de Sousa
94. *Poemas da cabana montanhesa*, Saigyō
95. *Autobiografia de uma pulga*, [Stanislas de Rhodes]
96. *A volta do parafuso*, Henry James
97. *Ode sobre a melancolia e outros poemas*, Keats
98. *Teatro de êxtase*, Pessoa
99. *Carmilla — A vampira de Karnstein*, Sheridan Le Fanu

100. *Pensamento político de Maquiavel*, Fichte
101. *Inferno*, Strindberg
102. *Contos clássicos de vampiro*, Byron, Stoker e outros
103. *O primeiro Hamlet*, Shakespeare
104. *Noites egípcias e outros contos*, Púchkin
105. *A carteira de meu tio*, Macedo
106. *O desertor*, Silva Alvarenga
107. *Jerusalém*, Blake
108. *As bacantes*, Eurípides
109. *Emília Galotti*, Lessing
110. *Contos húngaros*, Kosztolányi, Karinthy, Csáth e Krúdy
111. *A sombra de Innsmouth*, H.P. Lovecraft
112. *Viagem aos Estados Unidos*, Tocqueville
113. *Émile e Sophie ou os solitários*, Rousseau
114. *Manifesto comunista*, Marx e Engels
115. *A fábrica de robôs*, Karel Tchápek
116. *Sobre a filosofia e seu método — Parerga e paralipomena (v. II, t. I)*, Schopenhauer
117. *O novo Epicuro: as delícias do sexo*, Edward Sellon
118. *Revolução e liberdade: cartas de 1845 a 1875*, Bakunin
119. *Sobre a liberdade*, Mill
120. *A velha Izerguil e outros contos*, Górki
121. *Pequeno-burgueses*, Górki
122. *Um sussurro nas trevas*, H.P. Lovecraft
123. *Primeiro livro dos Amores*, Ovídio
124. *Educação e sociologia*, Durkheim
125. *Elixir do pajé — poemas de humor, sátira e escatologia*, Bernardo Guimarães
126. *A nostálgica e outros contos*, Papadiamántis
127. *Lisístrata*, Aristófanes
128. *A cruzada das crianças/ Vidas imaginárias*, Marcel Schwob
129. *O livro de Monelle*, Marcel Schwob
130. *A última folha e outros contos*, O. Henry
131. *Romanceiro cigano*, Lorca
132. *Sobre o riso e a loucura*, [Hipócrates]
133. *Hino a Afrodite e outros poemas*, Safo de Lesbos
134. *Anarquia pela educação*, Élisée Reclus
135. *Ernestine ou o nascimento do amor*, Stendhal
136. *A cor que caiu do espaço*, H.P. Lovecraft
137. *Odisseia*, Homero
138. *O estranho caso do Dr. Jekyll e Mr. Hyde*, Stevenson

Edição — Bruno Costa
Co-edição — Alexandre B. de Souza e Jorge Sallum
Capa e projeto gráfico — Júlio Dui e Renan Costa Lima
Imagem de capa — Zé Maia www.latosca.com.br/doc/
Programação em LaTeX — Marcelo Freitas
Consultoria em LaTeX — Roberto Maluhy Jr.
Assistência editorial — Bruno Oliveira
Colofão — Adverte-se aos curiosos que se imprimiu esta obra em nossas oficinas em 31 de outubro de 2011, em papel off-set 90 g/m², composta em tipologia Minion Pro, em GNU/Linux (Gentoo, Sabayon e Ubuntu), com os softwares livres LaTeX, DeTeX, VIM, Evince, Pdftk, Aspell, SVN e TRAC.